聽說時光
記得你

溫如生
———

著

目　次

輯四　晚

晨 dawn

Demi Lovato
〈Gift Of A Friend〉

太晚以後才明白，

那些願意消耗時光在自己身上的人，

已經把全世界最珍貴的都贈予了自己——

那些最可貴的時間。

她記得，在高中時候有幾個特別好的朋友。

和她們在一塊兒的時候，永遠有人比自己更理解自己，懂自己的欲言又止、懂自己的有口無心，從來都不用煩惱歡笑會售罄。

——青春發酵的氣味相同，滋生的荷爾蒙碰撞、交換以確認彼此的存在，虔誠而包容。

——其實最好的時光不過是這樣。

初入學時，在班上除了從國中認識到高中同班的一個朋友

之外，她還沒有其他認識的人；而那個女生也是除了她之外，沒有其他認識的人，以致初到新環境，兩人只得「相依為命」。

　　不過也是直到高中同班，她才真正見識到自家好友的本質：天生的開心果、幾乎任何話題或是和任何人都能聊得開、總是笑料百出、說話不按牌理出牌，甚至偶爾還會做出意料之外的事情。

　　比如有一天上課的時候，好友突然問了自己的前桌男同學一個很匪夷所思的問題：「如果有一天你要親你女朋友的時候，突然發現她鼻頭上有很多黑頭粉刺，那你會怎麼辦？」

　　儘管男同學早已因為長久的相處而習慣女生的脫軌了，但他的表情還是空白了三秒才回答：「當作沒有看到吧。」

　　……不知道他空白的三秒是在認真想要怎麼回答還是什麼。

　　再比如有一天，班上一個男生和好友說：「我發現妳是背殺。」

　　然後被說是背殺的那位當事人就故作難過地跑來和自己的朋友們說：「他竟然說我是背殺……我以為我是正面取勝。」

　　然而，她記憶最深的時候，大概是在高三。

　　那年忙著升學，應該說從高二的暑期輔導開始，學校副

本就正式從普通級升級為地獄級了。漫天的複習講義飛舞，硬是在考前兩三個月就將前兩年學習的東西重新複習完畢，再來的日子就換成漫天的考卷飛舞，整天下來就是埋頭考試。

當時的心思全放在學習上，也沒有多餘精力去愛美——說到最醜的時候大概就是高三了，可以夾著鯊魚夾，如堅忍不拔的參天大樹，終日都栽在考卷和講義裡。

全班的狀態簡直像是行屍走肉，下課時間不是趴在桌上，就是在複習下一節課要考的試，再不然就是去廁所，當初那段時光很難熬，現在回想起來竟然也覺得很美好。

遇到不會的問題就算沒有老師，但總有人願意替自己解答。

她想，一起努力的感覺真好——是太好了。

能在苦悶之中熬出甘甜也是一種幸運吧。對於她來說，一起倒垃圾絕對是其一。

高中的最後一年，她們幾個人被安排的打掃工作是倒垃圾。倒垃圾的工作並不輕鬆，在倒垃圾之前都必須分類好、堆疊好，比如寶特瓶要踩扁、飲料杯上的膜要撕下來丟入一般垃圾、把分錯類的垃圾歸回它的去處……

然後就會聽見各種怒吼、尖叫抑或是抱怨——「又是誰沒有洗飲料杯（早餐盒）啦！」、「啊啊啊好臭！噁心到我要吐了！」、「不是說過要把上面的膜撕掉嗎！又是哪個白癡！」……

一開始她們幾個根本記不得哪個飲料杯或是餐盒是班上誰用過的，也沒機會拿給他們讓他們自己去洗乾淨再丟，只得認命地幫他們處理好。後來還是其中一個女生想到在早上打掃時間先在大家的飲料杯和早餐盒上寫號碼，生生降低了她們幾個被氣到瘋的機率。

一成不變的日子，卻有千變萬化的滿心歡喜。

即將升高三的時候，班上有人特別在通訊軟體上開了一個群組，廣邀各大領域的高手來幫忙解答被丟上來的問題，但很顯然……成效不大。她們幾個人都被加進去了，而好友在私下的群組裡，很是費解地問了一句話：「難道在那個群組，我能問我的未來嗎？」

所有人都笑到岔氣。

升學壓力的來臨還代表著高中生涯即將結束，然而更糾結的是……即將來臨的十八歲。

在她們幾個人之中，最早生日的人在十一月底。

正好，當天也是平日，於是除卻壽星之外，她們便串通好，選好了距離教室不遠的廁所後方極少人走動的樓梯間，再來便是誰負責在時間較充裕的打掃時間，先衝去教官室拿

借放的蛋糕，誰負責等到一切就緒後，將壽星帶到說好的定點等等的。

「咦？妳有看到其他人嗎？」

來了。被喊到名字的她面不改色地回答：「她們好像去找班導了。」

「哦……那妳要不要上洗手間？」壽星沒有多想些什麼。

她們還沒說準備好了啊，她瞄了一眼自己的手機螢幕，沒有任何訊息的提醒。「我現在沒有想上……」

沒隔多久，她接收到信號，再裝作沒事一樣地拉著壽星說要去廁所。

壽星有些錯愕地被拖著走：「欸妳剛剛不是才說不想上嗎！」

一切都很順利。唯一沒有想到的是壽星的反應。

她對著燃燒著的蠟燭許願：「第一個願望，希望大家都能考上理想的學校；第二個願望……我還不想要十八歲。」說著、說著，她突然就哭了。

不想要十八歲，不想長大。

她記得，第一次看見女孩哭的時候，是某天班上一個女生失戀和她們哭訴，而今天這是第二次。她知道，在女孩大大

咧咧的表象下，有一副無比柔軟的好心腸，看似粗神經，卻有著比誰都通透的玲瓏心，比誰都溫熱。

她心裡住著一顆太陽。

——親愛的，十八歲也好，八十歲也好，願妳無需顛沛流離，我們能為彼此保駕護航。妳那些婉轉心事，我們願意為妳三緘其口。

不需要掏心掏肺至死不渝，只要能夠看見妳。

後來，所有人都抱著壽星哭了，那模樣就像討不到糖吃的小孩一樣。

從來都沒有意識到長大原來是這麼一回事。

有些激動、有些期待、有些感慨、有些失落，原來長大是這麼一回事。

她忽然想起了很多很多細枝末節的小事，而那些看似微不足道的小事，卻在生命裡留下數不清且彌足珍貴的溫暖。最難能可貴的是學會珍惜並且感恩，或許總要碰過一些壁、轉過一些彎，才會明白有些人已然是生命裡最好的贈禮。

總嚷嚷著說想得到些什麼的，以至於太晚以後才明白，那些願意消耗時光在自己身上的人，已經把全世界最珍貴的都贈予了自己——那些最可貴的時間。

他們把時光耗在自己身上，陪著一路慢慢走，陪著哭也陪著笑，陪自己從青澀少年長成沉穩大人，陪著榮辱與共，再陪自己浪費大好時光。

　　在他們的大好人生裡有更美好的風景能賞，卻甘願在自己途經的路上，成為自己的一方風景。

　　無論是何種感情、何種關係，都各有各的秘密，也各有各的方向，各有各的好。

　　而最幸運的，我們各自擁有各自的秘密，卻擁有彼此的時光。

　　平淡而歡喜。

妳和妳的十八未滿

謝謝陪我一起長大的你們，無論天南海北，我們永遠是彼此的支柱。

Miley Cyrus
〈The Climb〉

時間是一場冗長的閉幕式，
在被燒得高溫的跨度裡小心翼翼猜測每一個眼神的深意，
對於每一種心思都抽絲剝繭，
紛至沓來的是少年少女的煩惱。

　　在最高層樓的教室，屋頂上頭除了鐵皮之外沒有其他的遮蔽物。一股燥熱在教室裡竄動，侵入每個人的毛孔，皮膚上泛起一層薄薄的汗。只聽見風扇在運轉，和筆尖在紙上的沙沙作響。

　　高三那年，是最難熬的。

　　越來越多人揹起書包走了，她看著每個踏出教室的背影，心裡氾濫出來的是欣羨。眼神在剩下的人裡流轉一圈，再低頭看著試卷上密密麻麻的英文，就只剩下一大題的閱讀

測驗了。

　　筆尖在桌面上輕點，她忍不住嘆了口氣。

　　自從高三以來，每天能夠闔眼的時間從來都未超過五個小時。

　　人或許可以擁有無數個二十四小時，但一天卻只能有二十四小時。她知道，並非所有的事都禁得起時間的鋒利。

　　日復一日，像掙脫不開的夢魘，折騰了本來鮮豔奪目的大好青春。

　　這煉獄般的高度精神壓迫、眾所期待的目光，以及對自己的嚴苛要求。

　　這個階段大概是一個斷層，而底下是深淵。仗著年輕的血肉與夜晚拚搏，用意志力填補破曉的缺口，繃緊神經，撐著陷入重度昏迷之前的清醒，試圖用眼神看穿那些令人眼花撩亂的文字、數字、理論，及公式。

　　牆上的時鐘滴答、滴答，魔音傳腦般地貫穿夜晚的寂靜，直到書桌上的檯燈暗下、爬上床然後沾上枕，整座城市終於隔絕來自時間的壓迫。

　　倒數三百六十五天……兩百四十三天……一百五十七天……六十九天……七天……一天。

「妳以後要選什麼系啊？」好友問道。

「不知道，再看看吧，還要看分數啊。」忽然被點名的人只是笑得無奈，聲音像是被切割成幾塊，被分放至不同的角落，話出口的那一刻有什麼變得空洞，她終於聽不見自己在說話。

大多時候，人都不是自己想要做選擇，而是不得不選擇。

得在每一種選項裡找一個轉圜的餘地，並且試圖說服自己，相信自己選擇的是正確的，最好能夠鑿出一個出口，好在不能承受之時全身而退。

從高一以來，一直保持著穩定的成績，卻沒想到在高三的一次期中考中考得不盡理想。那時候對於自己有近乎苛刻的執著，明明只是掉一兩個名次，卻覺得所有的人都在指責自己，像背負了太過沉重的失望，如芒刺在背，惶惶不安。

其實對自己最失望的，總是自己。

很久以後她才明白，這是怎樣的心態——不是因為不好，是因為覺得自己能夠更好。

不久後，成績單就寄回家裡了。

看似不在意的表面下卻不停地在深呼吸。

其實還是會在意。很在意。無法不在意。

父親在晚餐時候像是不經意地隨口問了一句：「妳是不是退步了？」

　　那個瞬間有什麼正在潰決。

　　假日的時候，他打了視訊過來，似乎是因為等久了，接通之後螢幕裡沒有人，畫面裡是他的房間。螢幕沒有面對門口，只是依稀聽見門開，腳步聲漸近。接著畫面裡的影像撩亂，似乎正在移動，再來便是一個人影靠坐在床頭。

　　是他。她頓時笑彎了眼。

　　扯了很多無用的家常，到最後她有些笑不開了，他只是安靜地聽著她說，斂下眼簾，似乎是瞭然了些什麼，嘴角扯開淺淺的弧度，無奈地笑了，「說了這麼多，其實我只想問妳，有沒有睡好？」

　　還沒來得及滋生被人識破心思的窘迫，她卻是先紅了眼眶。

　　她忽然想起當初和他說起自己想出國留學的念頭，那時候的情況就像現在。

　　「我知道妳是一個太驕傲的人，世界上的人太多，優秀的人更多，或許我們窮極一生都達不到那樣的高度，所以我不在意妳沒有什麼天大的本事。」他的聲線是一如既往的清朗，

沒有經過潤飾，含著淺淡笑意，「在我眼裡，妳就是一個耀眼的存在。」

「妳要告訴自己，那麼久以來的努力值得最好的。」他說。

正如她對自己動搖之際，他會告訴她：「不夠好也沒有關係，因為正在變好。」

我知道的妳，本不該囿於尺寸之地，妳儘管無往不利，我為妳披荊斬棘。

妳的似錦前程，我再為妳添花。

「親愛的，熬過不能選擇的時候，才能選擇自己想要過的生活。」他揚起她最熟悉的笑。

考前三個月，她本來和他約定好了，到她考完前都不要再有任何聯絡，卻沒想到是她自己先屢屢破戒。最後反而是他狠下心，「考完試之前，妳打來我都不會接，我也不會打給妳。」

她心頭湧上難以言喻的情緒。

他是懂她的。她卻忽然好心疼他。

一個晚上，她下樓裝水，卻沒想到竟然聽見了好久沒見的、他的聲音，她再凝神一聽，原來他是在和自家母親通視訊。而母親絲毫沒有注意到她的出現，依舊坐在沙發上和螢幕

裡的人說話。

「你今天還要看她嗎？」她聽見母親這麼說。

看誰？她慢悠悠地走上樓梯，卻在聽見他的回答後停下步伐。

「今天拍張照就好了，麻煩阿姨了，謝謝。」一如往常的溫潤有禮。

母親應了一聲好，站起身就要上樓。她一驚，飛也似地跑上樓在自己的書桌前坐定位。

沒多久母親就上樓了，她聽見後頭的腳步聲靠近，離自己很近。然後站了幾秒鐘又下樓了。

她揉了揉酸澀的眼，她知道是看誰了。

考前一個月，她的老毛病又犯了。

自從高三以來，大概是因為讀書久坐的關係落下病根，下背會疼痛，坐著怎麼喬姿勢都感覺不對，一開始還好，並沒有特別在意，沒去看醫生，卻沒想到近來又犯，甚至疼到整隻右腳都在發顫。

她自己也不知道這是什麼毛病，幾乎要把她的忍痛能力提升到最高級才肯罷休似的。

那陣子疼得厲害，疼到想尖叫，怎麼坐、怎麼站、怎麼躺都不對，也曾經半夜翻來覆去都睡不著，她只好認命地爬起來，一夜未闔眼，直至東方欲曉。

明明忍痛能力極差的她，到考前的這一個月卻都沒有哭——她一身傲骨，怎能為瞬息的苦痛折腰。

在接近零點的每一個擺度都難熬，茫然今日的所為、忐忑明天的未知。

日日如此，夜夜難安。

升學考試像是一個階段性的成年禮，滿腹的墨水終於得以一吐為快。忽然有些空落。

是啊，終於。要結束了。

直到第二天的最後一個考科結束，鐘響，離開試場。

聽見別的試場出來的考生突然大喊：「終於考完啦！」

接著又有幾個人也喊出類似的話，和各種喜悅的笑聲。

她們幾個人面面相覷，然後都忍不住笑了。

是啊，終於。結束了。

青春是不是也是長大的另一個代名詞？

校服、裙襬、熱血、球場、社團、書包、試題、排名、升學、壓力、落點分析、朋友，還有心上人。

——長大是巨大災難後的倖存。

時間是一場冗長的閉幕式，在被燒得高溫的跨度裡小心翼翼猜測每一個眼神的深意，對於每一種心思都抽絲剝繭，紛至沓來的是少年少女的煩惱。

　　所有人都說，這樣的日子是好的。的確，在那個時候，是好的。

　　——青春是時光裡的千瘡百孔。

青春是時光裡的千瘡百孔

青春的記憶是被無數考卷、公式、成績單塞滿的，那時候並不理解怎樣才算所謂的「青春」，一無所有的時候不值得被銘記，於是頭也不回地想要奔向未來和遠方。可是現在想來，竟然有點懷念。

Ed Sheeran

〈Perfect〉

在她少不知事時，他已經穿過洶湧人潮、逆光而行，

等在歲月盡頭，沒有驚擾時光，

也沒有讓風捎來任何消息，靜默如海。

一如他從不張揚的深情。

"Someone said if you like a person at first sight, you might like him or her for a long time."

"Just like I treat you."

她的記憶裡有一個少年。

他從小生長在紐約，他沒有中文名字，更不會說中文。他的名字和她的一樣，都是C開頭。

他沒有多少華人血統，但他卻是她見過最符合「陌上人如玉，公子世無雙」這句話的人。

於是自此之後，她再也沒有見過比他更驚豔流年的人了。

他真是一個好看的少年啊。眉眼都如畫，淺笑也成歌。
好似無論從幾歲看起，他都美好如初。

因為外公的關係，小時候有一段時間都待在紐約，兩家人本來就交好，也正因為如此，兩家人更加頻繁地來往。

他開始學了鋼琴，她吵著父母親說也要學——像他那樣。後來只堅持了不到半年。

他開始學了小提琴，她吵著父母親說也要學——像他那樣。後來只堅持了不到三個月。

「當初妳是真的想學那些樂器嗎？」直到很多年後他問她，看見她心虛搖頭後，瞭然地笑了。

「學不來沒有關係，反正我會就好。」他朝著她笑，很淺淡地只是俯仰之間。

忽然想起徐志摩說過的那句話——「只要你要、只要我有。傾我所能、盡我所有。」

有朵煙花在她心裡炸開。

她想起有首歌是這樣唱的：「記得當時年紀小，我愛談天你愛笑。有一天並肩坐在桃樹下，風在林梢鳥在叫，我們不

知怎樣睡著了，夢裡花落多少。」

當年他們都還半大不小，只愛坐在庭院的鞦韆椅上，看著大人們忙著烤肉。

少年已翩翩。拿著本他喜愛的福爾摩斯系列，陽光透過樹蔭細細碎碎地灑在他的身上，模糊了他周身的光景。風一吹，他趕忙壓住翻飛的書頁，微微擰起的眉頭顯示出他此刻的煩躁。

她一手擱在膝蓋上撐著雙頰、一手拿著烤肉串，樂呵呵地朝著他笑。聞聲，他的眼光轉向她，眉頭鬆了一些的同時唇角也微微上揚，面目在光影的勾勒下顯得柔和許多。

而直到現在，她仍然描摹不出當年他的模樣。

大概是，比陽光燦爛、比年月柔軟、比他身上穿的襯衣好看。

當時什麼都不懂，卻又什麼都懂的年紀。

自從自家姐姐要開始上學而回國之後，父母的工作也上了軌道，幾乎是隔兩三年才回去探望外公外婆一次，她也很久沒見到他了。那時候還沒有所謂的智慧型手機、更不流行通訊軟體。

那個少年啊，怎麼辦，就快要被記憶稀釋。

如同記憶被格式化，工整又清晰地陳列於每一個似曾相

識的場景裡，而每一個沒有他的記憶裡，都有一個他。

沒有坐在庭院裡，眼巴巴地看著大人們忙著烤肉，再偷偷地去拿一串來吃；沒有一個少年，捧著本對她來說很深奧的書，在陽光下、在風裡，低語離別的意思。

當時什麼都忘了，卻又什麼都記得的年紀。

後來，某一年的盛夏回去了紐約一趟。

他的眉眼比過往長開了許多，依稀還是記憶裡的那個模樣，可似乎又有什麼不同。

他站在她面前自成一幅風景，她看著他好一會兒，從髮絲到腳踝，幾近貪婪地不放過任何部分，直到最後他朝著她張開手，她忍不住笑了。

他沒有什麼不同，只是眼裡藏了整個宇宙。

而她在裡頭看見自己。

*

週末的紐約地鐵的人潮比起平日簡直有過之而無不及。

地鐵的車門一開就傾巢而出的人們，還沒能適應紐約客的生活步調，她就已經被推著往前走。再然後……沒有再然後了，因為眨眼間她就被人潮和其他同來的人沖散了，完全遠離

了剛剛下地鐵的地方。

她沒有看見任何同來的人。

莫名地冷靜下來。大概是抱持著「一定會有人找到我的吧」這樣的信念。

儘管曾待在紐約一段不短的時間，卻因為平時跟著家人出門就是開車，身上又沒有可以聯絡的工具或是方式，所以對於紐約地鐵根本不熟的她，只能憑著些微印象，再配合著標示牌，又問了幾個人後才終於走到中央車站——知道這個地標，也是因為這裡是電影裡常出現的場景。

在這裡會比較好找到我吧。她坐在車站裡顯而易見的階梯上。

時間無聲流逝，心頭湧上莫名難言的情緒，她聽見列車抵發的廣播、看見人群匆匆撩亂她的視線，全世界只有自己靜止似的——直到一個人的腳步止在她的面前。

她愣了一下，才迎向來人的目光。他還在順氣，她是第一次看見他這麼不冷靜的模樣，沒有了平時的優雅從容，他的頭髮有些亂、眼眶有些紅。

他在她面前蹲下，唇角拉開一個好看的弧度，「我找到妳了。」他的聲音啞得不像話。

所有的隱忍和假裝的冷靜在一瞬間碎裂。

她忽然就哭了。

後來和其他人會合的時候，自家姐姐拉著她說：「幸好妳沒事，剛剛發現妳不見時，他的臉色簡直可怕，我們本來想說在這裡等妳一下說不定妳會找來這裡，可是他只說了一句話就把我們丟著自己去找妳了。」

她忍不住地回頭看了一眼不遠處正在車站櫃檯詢問什麼的他，「他說了什麼？」

「他說：『不行，她一個人一定很害怕。』」

隔兩年的夏天，正好迎來她十六歲的生日。

回去紐約的時候，外婆笑呵呵地說：「妹妹要十六歲了吧？在這裡都會辦生日派對呢，女孩的十六歲生日啊，大家都說是『Sweet Sixteen』，對女孩們來說很重要。妳姐姐當年也辦了生日派對，今年也給妳辦一個吧。」

外婆知道她喜歡紅色，於是隔沒幾天她就收到了一件極為好看的紅色洋裝。

她抱著那件洋裝在房間裡開心地又叫又跳。

親愛的自己，妳要十六歲了。

在美國認識的幾乎都是親戚，並不像他那樣從小到大包括就學都是在美國扎根，說實在沒有多大的交際圈，本來以

為邀請的人不會太多，沒想到當天卻來了很多……陌生面孔的人。

他說那些人裡有他們家的親戚和他的朋友，她錯愕地說：「可是我不認識啊。」

「沒事，他們來就是想認識妳。」他輕勾唇角，眼裡流轉著光輝，燦若繁星。

她還不明白他的意思時，他已經把她帶到他的朋友們面前，錯愕之間閃過幾個字詞還沒來得及消化，她只感覺到身旁人的手牽住她的，十指交扣。

她抬頭看他，依舊如畫少年，而他只是側過臉看她，眉眼彎彎、笑容淺淺。

生日蛋糕上的蠟燭代表的含義都不一樣。

點蠟燭時，他們說第一根是父母；第二根則是兄弟姐妹……第十六根是一位重要的男性，可以是男朋友或是好朋友。

重要的男性？聞言，她下意識地去尋找他的身影。

像是有共同意識般，所有人的目光都轉向那個正朝她走來的少年，他停在她的面前，這幾年他長得太快，抽高了不少，她甚至得仰頭看他。

「其實十六歲的成年禮還有一個意思，代表——這個女孩可以正式被追求了。」

「妳一定明白我的意思，我的女孩。」他的聲音彷彿在她耳膜邊擴大。

那年她正十六，他要十九。

在她少不知事時，他已經穿過洶湧人潮、逆光而行，等在歲月盡頭，沒有驚擾時光，也沒有讓風捎來任何消息，靜默如海。
一如他從不張揚的深情。

她想，總有一天，她的所有消息都會穿過風，再經過雲，不怕日曬、不怕暴雨，像夜裡沙啞的情話，要直達他心裡——他是大片良辰美景裡，最好的念念不忘。
幸得如今，讓那些荒漫的歲月，都不可惜。
情深不負十年歸，半盞城火等一人。

- - - - - - - - - - -

You Had Me at Hello

好喜歡純粹炙熱的愛意與溫柔啊，讓人充滿底氣。

王藍茵
〈惡作劇〉

心跳在耳邊震耳欲聾，

鼓吹自己幾近明目張膽的心意。

她的手指不自覺地捏緊書角，

她分不清楚拂曉而至的是自己的屏息還是他的氣息。

「嘿！」她拍了拍女孩的肩。

女生不自覺地咬著筆頭，看著眼前的題目，卻下不了筆計算。聽見她的聲音，正糾結著眼前題目的女生整個人像驚醒似的，愣了一下才抬頭看向來人。「怎麼了？」

「這是數學老師給妳的，說是妳和她要的。」她把幾張試卷遞給女生。

「謝謝啊。」女生把試卷收起來。

在她要走時，女生卻又突然叫住她，做了個拜託的手勢，可憐兮兮地看著她說：「求救這題。」

盯了題目整整五分鐘，她誠實地和女孩坦白。「這我也解不出來，不然我幫妳問問別人吧。」

「沒關係，我再算算看好了。」她又埋頭繼續算數學了。

女生的父母對於她的學業有嚴苛要求。

大抵是因為他們家庭的關係，父母都是教職人員，上頭的兄姐又都是在國外名校就讀，以至於她的壓力不是一般的大。

她也確實沒有讓家人失望，成績始終拔尖，標準的好學生，脾氣甚至還好得不得了，對誰總是和和氣氣的模樣——至少她還沒有看見誰能像她這樣。

有一次期中考女生的數學考差了，她一拿到考卷就開始掉眼淚。所有人都面露無措，手忙腳亂地想安慰些什麼卻又不知道該怎麼開口。

每個人對於「考差了」的標準都不一樣，建立在自身的能力基礎以及期望之下，難免對於他人的「考差了」難以感同身受，抱持著一種「你明明考得那麼好啊說什麼考不好」的心理偏見。

但還是不一樣。再怎麼樣，始終不會知道對方對於自己有多失望。誰都不是誰，尤其是她，一個被「高標準」以及「高期望」束縛的學生。

難道她就不會做任何脫軌的事嗎？她會。

她確實是個標準的好學生，而她的放鬆方式則是玩遊戲。

她在幾年前開始和朋友一起玩網路遊戲，也就是所謂的網遊。當初一起玩的朋友已經沒有玩了，沒想到她卻一玩就玩了三年。後來沒有繼續玩的理由也不是因為厭倦了，只是因為那個遊戲關了。

當年遊戲結束之前，她和她遊戲裡的幾個隊友都留了聯絡方式，後來他們偶爾會用通訊軟體聊天，在她的印象裡，有個男生很特別——因為他從來沒有在隊伍裡說過話。

有時候需要團隊合作的時候，手指忙著敲鍵盤跑位、放技能等等的，為了省去還要花費力氣和精神同時和隊伍裡的人打字溝通，他們大部分習慣用語音軟體對話，所以幾乎所有人都聽過彼此的聲音——但那個男生是例外，他還是規規矩矩地打字。

因為沒有買耳麥嗎？還是因為他的聲音不好聽呢？她偷偷猜測過各種他不說話的理由。

那個男生大了她三歲，讀的是統計系。

儘管有了通訊軟體的聯絡方式，他還是沒有用過語音，他只在群組裡和大家留言說：「如果有不會的可以問我，數學之類。」他說他本來是要讀數學系的。

群組裡的隊友都是差不多年紀，國高中生居多，他是少

數的幾個大學生。

「那妳有問過他問題嗎？」她問女孩。

只見她一臉不好意思，「嗯……當初期中考之前我不是問了妳，結果妳也不會的那題嗎？我後來真的拿那題去問他。」

「他還一步驟一步驟地把過程寫給我看，我又問了他幾題，他都認真替我解題。不是有句話這樣說：『認真的人最有魅力。』雖然我看不見他、也沒聽到他的聲音，但當時真的覺得，這個男人太有魅力了。」

之後好幾次，只要她遇到不會的問題，都習慣性地去詢問他，回覆她的永遠都是耐心且認真的解析。

除了讀書之外，這是她第一次，面對一個從沒有見過的人，莫名產生了些許怦然。

她從來沒有想過這點小怦然最後竟然會……發酵。

後來她如願上了她理想的大學，儘管沒有和她的兄姐一樣申請國外大學，而是選擇留在國內，卻依舊有不錯的歸宿。

很久以後，她證明了這真的只是一個巧合——她選擇了統計系，然後她……談戀愛了。

她沒有想過自己還真的能聽見他的聲音，甚至、看見他的樣子。

他是同校的直系學長，不過她大一的時候，他已經大四了。

知道是「他」，還是因為和直系聚餐時，互相加聯絡方式才認出。通訊軟體上的暱稱和頭像，很顯然地，他們已經加過好友。

他當時的位置就被安排坐在她的對面，她其實沒有多麼注意他，畢竟她根本沒有想到他們原來彼此認識、沒有想到竟然在這種情況下見面了。

在見面之前，她總是在猜測，他究竟是一個什麼樣的人。

話少、單調、認真、上進？那些推測在見到他之後全部被推翻。

他就坐在她的對面，襯衫袖口翻了兩摺，沒有她以為會有的斯文眼鏡。在發現原來認識之後，她終於朝他投去目光，只見他的神情也帶著訝異，卻也很快地接受了。「原來是妳啊。」

「沒想到妳最後成了我的學妹。」

「嗯……這是巧合。」她支支吾吾地乾笑。

閃過無數念頭，她腦海裡最鮮明的想法是——老天，她今天完全沒有打扮。

他目不轉睛地看著坐在對面的女生，許是他的目光過於直接，女生為了擺脫尷尬而不自覺地一直在整理自己的頭髮，又

或是假意低頭翻找著自己的包包，到最後連他都不敢直視了。

他有點想笑。

他記憶力很好，他甚至還記得他們最後一次的對話紀錄停在兩天之前，她和自己分享她和家人出門踏青的趣事。其實在她考完升學考之後，他們的對話就不再局限於「數學」、「問題」、「解析」，而開始多了些別的成分。

但是，就連精於計算的他，都沒有想到那個總會跑來和自己問數學、兩天前還在螢幕那端和自己聊天的小女生，現在竟然就坐在自己的面前。

他忍不住感嘆，這大概真的是緣分吧？或許是一個好的開始，他想。

因為在學校的這層關係，他們才漸漸有了較多的交流，只是他依舊不會用語音對話，她想，大概是習慣使然吧。不過沒有關係，畢竟她連他本人都見到了不是嗎？

他們時常有一搭沒一搭地聊著，直到一個晚上，他傳來訊息：「上次妳問我的那個問題，不如明天去學校的圖書館，我再給妳解釋吧？」

如果說，從她心動開始的每一次見面都算是約會的話，那他們的約會地點就是萬年圖書館，從來沒有變。她登時有些哭笑不得。

而螢幕另一頭的他看著自己已經被讀取的訊息，抬手覆住自己的雙眼，忍不住低笑出聲。

　　好像又回到過去，他們隔著螢幕，一個負責問問題，另一個負責解答問題的模式。

　　現在唯一的不同是，她就站在自己的面前，眼裡有皎星、有明月，還有⋯⋯他。

　　在通訊軟體的群組裡，好友幾個人聽說了她的事，全都感嘆著命運的巧合，好友劈里啪啦地說了一連串的話：「這不是緣分告訴我什麼才是啊啊啊！這根本是小說或是電視劇會有的橋段啊！你們確定你們只是單純的學長學妹關係嗎？我不相信經過之前的相處妳會沒有任何感覺，三年欸三年，這算不算是網戀啊哈哈哈。」

　　「我們只是相識在網上，熟悉在現實。」她義正詞嚴地糾正。

　　「妳少騙了，我估計沒多久就有好消息了。」

　　她是有那點心思沒有錯，那他呢？

　　畢竟他曾是她遙不可及的念想，現在卻成為她觸手可及的未來。

　　從最初的傾慕到現在，她似乎越來越貪心了。

假日圖書館的人依舊很多，卻安靜得讓人有些窒息，沙沙的翻頁聲，以及筆尖碰觸紙張的細碎聲音，和偶爾有人起身椅子摩擦地面的聲音。

她很緊張，非常緊張。心跳在耳邊震耳欲聾，鼓吹自己幾近明目張膽的心意。她的手指不自覺地捏緊書角，她分不清楚拂曉而至的是自己的屏息還是他的聲息。

他微微躬著身，一手撐在她身側的桌上，一手還插在口袋裡。

「這題不是這樣寫的。」他伸出放在口袋裡的手，要拿過她手上的筆，無可避免地碰觸到她握筆的那隻手。

啪地一聲，筆被她甩掉了。

「怎麼冒冒失失的。」一聲低笑，他彎身撿起被她甩到地上的筆，重新交回她手中。

「謝謝。」

她再次整理好思緒，把注意力放回眼前的題目上，他就在一旁時不時地指點她，像是回到了她高中時候，他隔著螢幕為她解題一樣。不過比起當時，現在似乎更有——嗯，臨場感？

期間有一個學姐走過來，不知道和他說了些什麼，她只聽見他似乎是婉拒了那位學姐。

等到學姐走了之後，她抬頭，正好對上他看她的眼，她

忍不住提出剛剛的疑問：「學姐是要問你問題嗎？」她想不出其他答案。

他直直地望進她的眼底。「她問我有沒有空。」

「找你約會啊？」她握著筆的手僵了僵，故作玩笑地說。

眼前的女生似乎沒有發覺自己的語調已經失了真，他沉吟片刻，語速故意放慢地說：「妳知道為什麼我還在這裡嗎？」

什麼？她有些懵然。

他接過她的筆記本，細細看著她剛剛寫下的痕跡，再抬頭時，目光清亮得讓她不自覺地想避開，「我的有空可是看人的。」

她清楚聽見自己如雷的心跳，幾乎像是要跳出胸腔似的，還有某種呼之欲出的情緒。

「我的有空……是留給女朋友的。」

- - - - - - - - - -

The Answer to My Question

會配這首歌，是因為想起這樣的校園暗戀像極了《惡作劇之吻》（自己覺得）。好喜歡這般青澀又單純的喜歡啊。

趙詠華
〈最浪漫的事〉

最好的人，細水長流；
最好的愛，是生活。
她這一路走來平淡安穩，未曾有他；
卻沒有想到這茫茫路途上，會有他。

「可以陪我吃飯嗎？我不喜歡一個人吃飯。」
「可以啊。」

　　她認識他以來，這是她第二次來臺東。

　　第一次，是在打工換宿的背包客棧裡，他和一群朋友幾乎每到了晚上就會出現在酒吧裡。

　　那是一間很復古的酒吧，老式的唱片機，六〇、七〇年代的爵士樂，一張張的黑膠唱片陳列在櫃上，還有西部牛仔的裝潢，壁上掛著The Beatles的海報，小舞臺上有人在駐唱，還

有一群和這裡格格不入的年輕人。

她一開始並沒有注意到他，對他的初印象只有：看起來好兇、一定是原住民、看起來年紀很小。

還有，為什麼可以天天來酒吧射飛鏢到這麼晚？

他的半個身子都融進了角落的陰影裡，她只能看見他模糊的臉部輪廓，還有那雙在昏暗光線裡顯得愈發明亮的眼。

第一次說上話還是在那間酒吧。

桌上的啤酒一瓶接著一瓶地開，酒量一直都不算好的她已經呈現放空狀態，剛暈沉沉地從廁所走出來，就看見了自己桌前放著的蘋果牛奶，愣愣地問身旁的同伴：「怎麼會有這個？」

「有人剛才特地去買給妳的。」朋友促狹笑道。

誰？她還沒有反應過來。她順著所有人的目光移動，然後看見了他──噢，是他。

儘管醉意湧上，她還是強撐著和他真誠地道謝：「謝謝你。」

「沒什麼，看妳有點醉了，喝牛奶可以解酒。」他笑得靦腆。

他的眼睛真好看，這是她當時唯一的念頭。

他幾乎每天都會出現在民宿樓下，有時候她會像普通朋友一樣和他一起射一局飛鏢，但大多數的時間，他們什麼話也

沒說。

後來的一天，她搭便車回到民宿，她興高采烈地告訴他：「今天載我們的司機大哥會打海產！」

聞言，他撇了撇嘴，一臉驕傲地說：「我也會啊，我可是都蘭海王子！明天只要沒有什麼風浪，就可以下去打海產了。」

她忍不住笑了。嗯，海王子。

「那我明天……可以跟你一起去嗎？」她希冀地看著他。

「妳不是怕黑嗎？妳留在岸上看星星、玩仙女棒等我回來就好了啦。」

隔天晚上七點。

到了海邊，她蹙了蹙眉……今晚的浪是不是有些大？

晚上的海濃如墨，暗下來的天和海連成一線，沒有空氣汙染，上空的星星耀眼，撲鼻而來的是海水的氣味。他和他的同伴們穿著防寒衣，他們各自喝了一口米酒，再灑了一些米酒在海灘上。她猜想，這大概是一種祈禱的儀式吧。

她和幾個朋友找了塊大石頭坐下，而他和他的同伴們已經拿著魚叉等必備的工具走遠了，不清楚他們的具體位置，只能隱隱約約地看見海浪下的那幾抹閃動的光。

她才第一次發覺，原來這就是他的生活。

和她習慣的五光十色的生活完全不同，二十二歲的都市女生，她已經接觸過不少形形色色的人——可是她沒有遇過像他這樣的。

之於她來說，他是一個太乾淨、單純的人。

還那麼年輕啊，血氣方剛的十八歲，不計較地對誰都好，不懂人心深淺的差別，他就連ibon是什麼都不知道。想到這裡，她忍不住低頭笑了。

聽著陣陣海浪聲，她的心情卻格外平靜。

半小時過去，風浪又強了一些，看著那幾束微弱的光線在海面上起伏，心裡有一處莫名發緊。

她忍不住站起來，輕蹙著眉頭，有些焦慮地想從一片墨色裡尋找出什麼，旁邊的幾個同行的朋友趕緊安慰她說不會有事的。

再過一會兒，終於等到他們回來，只見他從魚簍中抓出一隻章魚，得意地向等在岸上的人炫耀。

「冷嗎？」她看著他，心裡那條繃緊的弦鬆了一些。

「嗯。」他打了一個噴嚏。

回到民宿沒多久，他傳了張章魚的照片給她，附註上寫的話是「要不要吃章魚？」

怎麼可能不要？她捧著手機跑下樓。

民宿樓下的餐桌，所有人都吃著今晚打回來的海產、喝著啤酒，好不歡樂，沒想到民宿老闆看見此景卻一臉驚訝地問：「怎麼會有章魚啊？」

「哦，我們幾個去打的啊！」

老闆挑了挑眉，看著發話的男生們，再看了看一旁坐著的幾個女生，像懂了什麼似地笑著搖頭，「今天浪那麼大，年輕人為了追女人連命都不要了，這種事我真的是做不出來啦！」

他坐在一旁只是笑笑，沒有說什麼，更沒有注意到她臉上閃過一瞬間的愕然。

果然，浪很大啊……

在離開都蘭的前一個禮拜，她沒頭沒尾地說想吃糖葫蘆，卻沒有想到他竟然用很認真的語氣問：「要不要我騎車去夜市幫妳買？」

「不用啦，我只是說說而已。」

「多留一天吧，禮拜三我們吃完晚餐，我再帶妳去夜市買糖葫蘆。」

「這算是約會嗎？」

「是啊，所以等我。」

但是沒有想到，那天糖葫蘆的攤販竟然沒有賣。後來他

帶著她去玩了射氣球，最後的成績不怎麼好，她只挑了一個白武士的面具，還得到了一個玩偶造型的鑰匙圈，作為讓兩人哭笑不得的安慰獎。

「給你。」她把鑰匙圈給了他。

他什麼也沒說，只是順從地接過，然後把那個看起來一點都不符合他形象的鑰匙圈掛在自己的機車鑰匙上。

她看著他的動作，一瞬間感覺到有什麼正在崩落，整顆心臟都柔軟了。

「我們回去吧。」他說。

風很冷，他把車速放得很慢，身體挺得比平常還要直，幾分鐘的車程過後他停在便利商店前，他下車買東西，而她沒有一起，只是坐在車上等著他回來。

忽然，她感到一陣恍惚，就要回臺北了、就要回到都市的忙碌生活，在這裡發生的或許都不是多麼特別的事，但像是去海邊打海產，會不會就是這輩子的唯一一次？

她看著透明玻璃後正在櫃檯結帳的那個人，呼出一口氣，終於垂下眼簾。

回到民宿以後，碰見的幾個朋友都問她有沒有吃到糖葫蘆。她愣了……不是吧，為什麼全世界都知道她想吃糖葫蘆？

「因為我那天問他們誰能幫我買糖葫蘆回來。」他說。

她定定地看著他，好一會兒才找回自己的聲音，揚起標準的笑容，「今天謝謝你。明天我就要走了，會再回來找你們玩的。」

　　在臨別前她抱了他一下，他的身子有些僵硬，似乎不敢抱她，最後只是伸出手拍了拍她的背，「嗯，下次見。」

　　他的話被吹進了風裡。

　　隔天一早，她拖著行李坐上了火車，只是才剛坐定位就聽到有人說：「小姐，妳坐到我的位子了。」

　　她愣了一下，趕緊低頭檢查車票。「沒有啊，這是我的……」抬頭看見來人，還沒說完的話就哽在喉頭。

　　「你怎麼會在這裡？」她趕緊把他拉下車，「你不是在上課嗎？」

　　「來送妳啊。」

　　「欸，火車要開了，我要走了。」

　　「嗯，下次等妳回來，我們再去約會。」

　　火車開始行駛，手上的手機突然震動了一下，是一則訊息：「剛剛忘記問了，以後我當兵，懇親會妳會來看我嗎？」是他。

　　她笑了，敲下兩個字：「會啊。」

　　「懇親會只有家人和女朋友能來。」

她看著訊息愣住……這好像怎麼回答怎麼不對，沒等她斟酌該怎麼回答，隔了幾秒又傳來一則：「那妳願意當我的女朋友嗎？」

　　她下意識地想回頭尋找那個給她傳訊息的人，只是火車早已駛離月臺，後頭什麼風景都沒有，已經沒有他的身影。她的手指在螢幕上游移，才打下一個字：「好。」

　　她知道，她捨不得錯過他。

　　她想起電影《北京遇上西雅圖》裡的一句臺詞：「也許他不會帶我去坐遊艇、吃法餐，但是他可以每天早晨都為我跑幾條街，去買我最愛吃的豆漿油條。」

　　你有老派靈魂的浪漫，我有你穿越年代給予的心安。

　　如果有一天，他們在海邊散步，會把黃昏的沙灘收進口袋，每走一步就在上面留下深淺不一的腳印，這時候他們會唱著最浪漫的事。

　　顛簸了年年歲歲，浮華了一身虛偽，只剩他是她的一方淨土。

　　最好的人，細水長流；最好的愛，是生活。

　　她這一路走來平淡安穩，未曾有他；卻沒有想到這茫茫路途上，會有他。

他說，他能給的很廉價，像是替她煮一頓晚餐；能給的也很簡單，像是陪她走一段回家的路。夜很長，讓他陪她看一場物換星移，度過洪荒歲月，再看彼此的容貌逐漸蒼老，眉間夾著時光的深刻。

我能想到最浪漫的事
就是和你一起慢慢變老
直到我們老得哪兒也去不了
你還依然把我當成手心裡的寶

老派靈魂的浪漫

記得很久以後，主人翁告訴我，後來他們分開了。我感到有些可惜，當初吸引他們彼此的正是那份「不同」，分開的原因或許也與那份「不同」有所關係。還是祝福彼此一切都好。

牛奶咖啡
〈再見，昨天〉

曾經我們在青春裡猖狂，到頭來才發現是一場空，

人生大概就是這樣，花了許多年只為印證一句曲終人散。

後來呢？沒有後來了。

不過是一個必經的過程，偏偏就是如此難以釋懷。

　　不過是一個必經的過程，偏偏就是如此難以釋懷。

　　「你還記得初衷嗎？我是說你是怎麼走到現在的。」

　　「你還記得自己嗎？我是說你開始高中生活的之前。」

　　「你選好未來要走的路了嗎？我是說你堅持的信念。」

　　「你有沒有在這裡交到很好的朋友？我是說你們約定好要陪伴彼此一輩子的好朋友。」

　　「那……等到我們都老得走不動了，你還會記得我嗎？」

　　站在臺上的畢業生代表，一身制服筆挺，熨燙得一絲不

苟，衣襟上別著畢業生字樣的胸花，他的語調故意誇張，內容不落俗套，明明應該是個嚴肅的場合，卻說得讓全場都笑開懷。

「他真煩，講得那麼好笑我卻想哭。」旁邊的好友吸了吸鼻子。

她有些哭笑不得，忽然想起畢業前夕和他們在一起的每個日子，短暫如煙花，卻不失其美好。

應該說，只要是和他們在一起的日子，就是美好的。

當時為了配合一些老師的時間，班上的謝師宴提早在畢業前夕辦。

後來決定辦在飯店的自助餐廳裡，那天晚上所有人包括老師們都盛裝出席，襯衫領帶西裝褲、禮服披肩高跟鞋。所有人都頂著一身的光鮮亮麗。

像是一個蛻變的過程，或者更像一種專制的壓迫。明明應該高興終於成為大人，有理想的大學生活、可以更接近現實，還能定位自己在社會上的價值。小心翼翼地試探人心的深淺。

忽然很想穿回制服。

班上還安排了節目，只是很普通的大風吹。把椅子圍成一個圓圈，沒坐到椅子的也不會有懲罰，而是要對全班真情告白。

一個一個人輪流出局，於是也有了各式不同的告白。

「現在也沒有其他願望了，我們都要考上理想的大學啊！」勵志型。

「一開始進來真的沒想到會認識你們，不行啊講太多我真的會哭。」感性型。

「以後不管誰的婚禮，還是誰孩子的滿月酒，就算你們沒邀請我，我也會闖進去的，不要擔心我的出席率啊！」浮誇型。

後來，輪到自家好友。

女生站在所有人面前，她們幾個人朝著她擠眉弄眼，她沒忍住噗嗤笑了出來。

「其實我沒有覺得高中生活有多熱血，我們還不是要讀書、讀書、讀書，每個老師也叫我們要認真，雖然學歷不是萬能，但確確實實地會影響我們能選擇的路，害得我超怕考不上大學的。」聽到這裡，大家看見她翻了個大白眼都笑了，她卻在下一秒正了正臉色。

「我捨不得的不是青春、也不是高中生活，是捨不得陪我走過這些日子的你們。」好友的聲音已經有些哽咽。

「還有，我真的很高興能夠認識你們。」

那麼沒心沒肺又那麼愛面子的女孩，在所有人面前，哭了。

──我只是，捨不得你們。

接下來，是把前幾天全班寫好的卡片和準備好的鮮花送給各科老師的流程，聽老師們對我們說著心裡話，她看見好幾個人的眼眶已經紅了，甚至偷偷背過身去拭淚。

到了現在這一刻卻有些恍惚，她心裡有一部分的柔軟像是剝落了似的，空落得難受。

看著眼前的場景，她忽然想起日本動畫大師宮崎駿的一部動畫裡的臺詞：「我只能送你到這裡了，剩下的路你要自己走，不要回頭。」

我只能送你到這裡了。

剩下的路你要自己走。

不要回頭。

有些太美好的回憶反而扎眼。

依稀記得那個時候，初到陌生環境，臉孔都是陌生的，而最早開始的交集，是因為一句「可以借我一枝筆嗎？」才讓誰的友善融成了一場沒世難忘的盛夏。

花上一個月才把班上所有人的名字記起來。誰會想到，三年後隨著鳳凰樹的花開花落，這些名字卻散落天涯，只在生命裡留下深刻的痕跡，成了青春的影子。

佳期未曾負約，總算如約而至，成為重疊的時光裡，最隆重的胎記。

還在相互笑彼此的吃相太難看，還在相互虧對方的笑聲太好笑，每天中午好幾個桌子併在一起，好朋友圍著桌子用餐，可以從班上誰是班對、聊到隔壁班那個討厭的誰。彼此從有事聊到心事，也曾有過爭執，也會發現對方自己也不知道的小習慣，偶爾鬧了笑話，誰知道從此就被拿來說嘴。

　　球場上永遠有誰的身影，太陽大到就要睜不開眼，汗順著臉部輪廓滴落，盯著場上奔跑的每個身影，擁護著班級的榮譽，為比數感到緊張，卻仍然移不開自己的眼。

　　熱血全都灑在了盛開的鳳凰花上。

　　不遠處的人們都急匆匆地跑去找同伴合照，畢業生字樣的胸花還別著，笑鬧成一片，各種拍照姿勢都有，她聽見一聲喊，才發現是自家好友。

　　好友拉著她就跑，風吹亂了她的聲音，她喊得特別大聲：「我們要拍照呢，快啊就差妳了，連老師都到了。」

　　鮮活都定格在按下快門的那一剎那，也框住了他們再也回不去的時光。

　　直到從班導師手中接過畢業證書，她還有那麼點不真切的感覺。

　　竟然就這樣了嗎？就這樣了嗎。

　　心裡面好像有什麼正在潰堤。有些惶惑。

「從今天踏出校門起，你們就不再是高中生了。」她聽見校長在畢業典禮落幕的前一刻這麼說。

彷彿還能聽見鐘聲響起。

不知道未來誰會變成什麼模樣，是不是事業有成、西裝革履，褪去青澀、磨去稜角，成為被社會認可的人，舉手投足之間都那樣沉穩持重。看起來有一個完滿的生活。

仍然想在某條街上會遇見，會記得彼此的模樣，會相互寒暄好久不見。也或許還會收到彼此的喜帖，會說我們都要幸福。

成長是一個人的事。或許彼此都只是途中驚鴻一瞥的旅人，注定萍水相逢，但還是想和彼此走一段路，看四季更迭、看山光水色、看碧海連天——看一看未來能不能邀請彼此參與。

「哪怕我老得走不動了，我也不會忘記你。」

「所以，你也別忘記我吧？」

歲月若荒唐，奈何舊人忘。記憶荒煙蔓草，能不能不說再見。

曾經我們在青春裡猖狂，到頭來才發現是一場空，人生大概就是這樣，花了許多年只為印證一句曲終人散。

後來呢？沒有後來了。不過是一個必經的過程，偏偏就是如此難以釋懷。

青春大概就是一場兵荒馬亂，儘管我們各奔前程，卻仍舊希望能夠殊途同歸。

　　記得彼此曾有的張揚，也曾毫不懼怕與世界為敵。你曾在沙場金戈鐵馬，我曾為你開城助你所向披靡。

　　錦瑟華年，可欺的是天真已逝，我們只是時光裡的流沙，轉眼之間就被風吹散。

　　——我們曾是少年。

　　將和你們在一起的日子縫進回憶，哪怕回首時早已滿目瘡痍，至少片段還能成詩，老的時候還能與你歌頌。

　　幸好，青春記得我們最好的模樣。

　　願你一生炙熱，永不摧折。

　　畢業快樂。祝我們。

- - - - - - - - - - -

未完成式

對於那段埋頭刻苦的日子的印象已經有些模糊了，那時候什麼都沒有，所以什麼都敢失去。因此無數次慶幸過，有些重要的人烙印般地留在了生命裡。

流年和光同塵

蔣慕楠

劉若英
〈我敢在你懷裡孤獨〉

01

「我吃飽啦！」蔣慕楠站起身，把碗筷收拾進洗手槽後，便十萬火急地往樓上跑，一瞬間就沒了人影。

蔣母失笑。「這孩子真是的。」

「又去給圖舟打電話了吧。」蔣父表示已經不足為奇。

而此刻已經坐在電腦前的蔣慕楠，準時發出了視訊邀請，很快就被另一頭接通了，出現在螢幕上頭的是她心心念念的那張臉孔。

蔣慕楠彎起眉眼，先一步出了聲：「圖圖——」連她自己都沒有發現，她不自覺拉長的語調裡，參雜了點莫名的撒嬌意味。

螢幕裡的人笑了，溫聲開口：「千千。」

「千千」是蔣慕楠的小名。

很多人這樣喊她，但聽在她耳裡，誰都沒有沈圖舟喊得那麼好聽。

「今天還好嗎？做完作業了嗎？」沈圖舟問。

提及未完成的作業，蔣慕楠顯得有些心虛，眼珠子一轉，

故作心痛的模樣。「等等，第二個問題實在太傷感情了。」

沈圖舟挑眉，十足配合地把話接了下去。「行吧，那什麼問題才不傷感情？」

「我想想啊。」

蔣慕楠笑嘻嘻地說：「比如，你想我了嗎？」

聞言，沈圖舟面色不改，耳尖卻幾不可見地泛起淺淺的粉色，喉結輕滾，好不容易才把一個單音節「嗯」吐了出來。

得到回應的蔣慕楠瞬間心滿意足了，而後便毫不扭捏地同樣給出了自己的回答：「我也想你了呀。」

沈圖舟的嘴角邊漾出兩朵梨渦。「我知道。」

他知道，他怎麼可能會不知道。

沈圖舟忽然想起去年，最令他印象深刻的一件事情。

當時，蔣慕楠不知道從誰那裡提早得知他已經收到美國幾間大學的錄取通知的消息，急匆匆地跑來和他確認消息的真假，他點頭，沒說一句多餘的話。

她「哦──」了聲，眼神游離了一瞬，故作輕鬆地輕晃著腦袋，雙手負在身後，右腳像是百無聊賴般地在地上打著拍子，嘴裡似乎在哼著什麼歌。

沈圖舟仔細一聽，差點想轉身就走。

「妹妹你坐船頭，哥哥在岸上走，恩恩愛愛牽繩盪悠悠……」

然而還沒等到沈圖舟轉身，就見蔣慕楠一臉喜色，語氣歡快：「圖圖真是太棒啦！留學的事你不是已經計畫很久了嗎，現在終於能夠圓夢啦。只不過諾諾肯定會很捨不得你，他的好兄弟就這麼拋棄他跑去那麼遠的美國了，他以後就只能自個兒玩耍了哈哈哈哈。」

諾諾是她親生哥哥，蔣慕洵的小名。和沈圖舟同年，都比她大了三歲。

沈圖舟沒跟著她笑，只是沉默地看著她，看得蔣慕楠以為就要被他看破什麼的時候，他終於說話了。「千千，妳知道妳自己在說什麼嗎？」

蔣慕楠依舊在笑。「難道我有說錯嗎？」

「沒有，妳沒說錯。」沈圖舟卻是氣笑了，不打算再和她多說。

之後的幾天，兩人就算碰到面都沒有說過一句話。

蔣慕楠其實明白沈圖舟生氣的原因。

她向來不肯對他坦承自己真正的想法，他知道她藏在開朗底下的敏感和自卑，他知道當她得知他即將遠渡重洋的消息時其實想哭，而不是故作大方地恭喜他，他知道她一直以來都認為體貼就是善待他人最好的方式。

但蔣慕楠改不掉這個壞習慣，她從來就不擅長誠實和坦白。

她偶爾會感到莫名的委屈，卻總選擇獨自嚥下。

而沈圖舟對此尚無可奈何。

02

直到沈圖舟即將遠赴美國的前兩個月，兩人才終於說上話。

沈家和蔣家住在同一個社區，兩家人相交多年，感情一直很好。那天兩家人相約一起在蔣家吃晚餐，下午四點多，沈家人就已經先到蔣家嗑家常了，大人們都在客廳，蔣慕洵幾人則都上了二樓的書房。

蔣慕洵盤腿坐在地板上，旁邊坐著今年才三歲的蔣慕恬，他陪著這個和自己有著十五歲年齡差的小妹玩耍，而蔣慕楠則是抱著電腦窩在沙發上看電影。

沈圖舟去上個廁所回來，看見的就是這番情景。

他和蔣慕洵打了個招呼，後者隨口問了句：「你哥沒來啊？」

沈圖舟搖頭。「他回學校處理事情去了。」

語畢，他走向蔣慕楠，在她身邊落座，瞥了眼螢幕，首

先開了口：「妳在看什麼？」

有人先破了冰，蔣慕楠也沒再端著，趕緊回答：「是美國的影集。」

像是好不容易等到這一刻，蔣慕楠的話匣子瞬間開了，不停地和沈圖舟分享這部影集如何。她的眉目都染上輕快笑意，不知道是因為終於和沈圖舟說上話了，還是純粹因為喜歡這部影集。

兩人天南地北地聊著，後來就不可免俗地談及了沈圖舟一個月後即將遠赴美國的事。蔣慕楠有些躊躇，還在組織語言之時，沈圖舟就先說話了：「只要放假我就會回來的，妳要上高中了，高中會更辛苦一些，不要再覺得隨便混混就可以了。」

幾乎是一鼓作氣地，蔣慕楠終於把話組織完整：「那……那如果我認真一點，我也能考上你的大學嗎？」

這時坐在一旁的蔣慕洵噗哧笑了，打岔一句：「千千，面對現實好嗎？」

「閉嘴。」蔣慕楠翻了個白眼，一把抓起旁邊的抱枕朝他丟去。

後者大笑，伸手擋掉了飛來的抱枕，兩人的舉動逗笑了蔣慕恬，有樣學樣地抓起地上的塑膠玩具往蔣慕洵身上丟，後者倒是很配合地裝作中彈倒地，那浮誇模樣就連沈圖舟都忍不

住跟著笑。

　　蔣慕楠只顧著笑，沒注意放在腿上的電腦就要滑落，還是沈圖舟眼疾手快地扶住了電腦，才讓她反應過來究竟發生了什麼事。

　　事後她嚇得抱住自己的電腦，一臉心痛地說：「我的媽呀，電腦可摔不得啊，這還是新買的呢。」

　　沈圖舟笑。「這麼說起來，我拯救了妳的電腦，妳是不是該請我一頓飯？」

　　「你是搶匪嗎？」聞言，蔣慕楠簡直不可置信。

　　「怎麼，妳捨不得妳的電腦，還是妳的錢包了？」

　　蔣慕楠被堵得無話可說，情急之下就脫口而出：「我是捨不得你啊。」

　　沈圖舟只錯愕了一瞬，隨即朝著她笑出了淺淺的梨渦。

　　蔣慕楠沒來得及難為情就跟著他笑了。

　　她忽然想起泰戈爾《飛鳥集》裡的一句話。「你微微地笑著，不同我說什麼話。而我覺得，為了這個，我已等待很久了。」

　　儘管不擅長誠實和坦白，但對於沈圖舟的心意，她未曾有過隱瞞。

03

今天對於蔣慕楠來說是個特別的一天，因為沈圖舟要回來了。

由於蔣慕楠還沒有放假，原本只有沈容川一個人，也就是沈圖舟的哥哥要去接機而已。蔣慕楠可是花了好久，才終於說服父母，讓自己得以跟著沈容川一同去接機。

才剛走進接機大廳，蔣慕楠就迫不及待地四處張望，試圖從人流裡尋找出自己熟悉的那張面容，那模樣在沈容川看來有些好笑，於是提醒道：「千千，他可能現在才剛下飛機呢，不會那麼快出來的。」

聞言，蔣慕楠感到失望，原本的興高采烈瞬間委靡，沒精打采的模樣彷彿受了天大的委屈似的。

沈容川在一旁看著她的變臉之快，忍俊不禁。

不知道究竟等了多久，蔣慕楠終於在來去的人流裡，看見她日思夜想的熟悉面容，她拔腿就往他的方向跑去。

而沈圖舟在她衝過來時就看見她了，於是趕緊鬆開手中的行李，朝她張開雙手，女孩毫不意外地直接撞進他的懷裡，沈圖舟一把抱住她，穩住腳步後，才笑著喊了懷裡的人兒一

聲：「千千。」

「我好想你呀圖圖。」

「我也是。」沈圖舟將下巴抵在女孩的頭頂，又低頭親了親她蓬鬆柔軟的頭髮。

看見沈容川緩步走來，沈圖舟才將蔣慕楠放開，喊道：「哥。」

「千千為了跟著來接機可是費盡唇舌才說服她爸媽的。」沈容川瞥了眼此時安安靜靜站在弟弟身邊的女孩，想起當時的情景仍感到有趣。

三人邊說著話，邊往外走去，一路上笑語不斷。

- - - - - - - - -
‧ ‧ ‧
- - - - - - - - -

沈圖舟的假期畢竟與蔣慕楠的不同，哪怕他回來探親度假，她仍是要繼續行使作為學生的義務，好好上課。

課間，蔣慕楠拉著葉思卓一同去裝水。

一路上，葉思卓聽著好友不停地說著和沈圖舟的事，有些猶豫地開口：「千千，上週六去你家的那個女生……」

上週六，蔣慕楠邀請了自己的好夥伴們來家裡一起讀書和寫作業，當時她也拉著沈圖舟和她哥哥沈容川參與進來。氣氛很是融洽，倒是下午發生了個小插曲，來了位不速之客——

　　蔣慕楠笑著接過她的話。「安璇姐？挺漂亮的對吧？她是我堂姐。」

　　「是漂亮沒錯，但我覺得……」

　　「覺得什麼？」

　　「我覺得她對妳男朋友可能有點意思。」

　　聞言，蔣慕楠試圖反駁：「可是他們才沒見過幾次面啊。」

　　「那又有什麼關係？」

　　蔣慕楠一時無話可說。

04

　　蔣慕楠很是苦惱，因為紀則然的生日就要到了，本來問過葉思卓以及薛楚亦要不要一同為紀則然準備一份大禮，卻沒想兩人都早已給他準備好禮物了，這個想法只得作罷。

　　沒有想到該送什麼禮物，於是她直接拉著沈圖舟上街去了，打算看看現場有沒有符合她心意，並且適合作為送禮的

東西。

　　她晃了晃和沈圖舟交握的手。「圖圖，你覺得我要買什麼禮物給老紀啊？」

　　話落，她才後知後覺地想起什麼似的，頓了頓，小心翼翼地說道：「圖圖，雖然老紀是男生，但他也是我的好朋友……」

　　話還沒說完，但沈圖舟依舊聽懂了女孩的意思。

　　他陡然失笑，抬起另一隻自由的手，一把揉亂了蔣慕楠的頭髮。「妳怎麼以為我會在意這個？我知道他是妳的朋友，妳給朋友送禮再正常不過了。不過既然是妳的朋友，我和妳一起合送一份吧，替我祝他生日快樂。」

　　蔣慕楠釋然地笑了，正準備說話的時候，就突然插進一道不和諧的聲音──「千千？」

　　蔣慕楠側過頭，才發現那道驚喜的聲音的主人是她的堂姐，蔣安璇。

　　蔣慕楠其實並不怎麼想看見她。

　　無可否認的是，葉思卓對她說的話還是不可避免地成了心上的疙瘩，雖然她嘴上說著無所謂，可是蔣安璇處處比她好，比她好看、比她優秀……比她好到，她幾乎要懷疑為什麼沈圖舟喜歡的是自己，而不是蔣安璇。她當然對沈圖舟有信

心，但是她對自己卻沒有絕對的自信。

　　蔣安璇快步走到兩人的面前，笑得明媚。「我以為我看錯人了呢，沒想到真的是妳。」
　　儘管這話是對蔣慕楠說的，後者還是眼尖地注意到了，蔣安璇的眼神一直是游移在沈圖舟的身上的。
　　某些她未曾注意過的細節在此刻全部被放大。

　　還沒等她說話，蔣安璇很快地將話題轉到沈圖舟身上。「圖舟是什麼時候回來的啊？我剛剛還想說千千身邊的人怎麼這麼眼熟呢。」
　　蔣慕楠噎了噎，難道同她牽手的人還會有其他人嗎？
　　沈圖舟點頭，沒有過分親近，卻也不失禮貌地回答：「回來一陣子了。」
　　聽著兩人一來一往的對話，完全插不上嘴的蔣慕楠，瞬間覺得心情糟透了。

05

　　分離逐漸成為蔣慕楠和沈圖舟之間的常態。
　　彼此的假期對不上，在蔣慕楠放假前，沈圖舟就回美國準

備開學去了。於是，和他視訊就成了蔣慕楠每天的例行公事。

　　一日，兩人聊了許久，此時正好結束了一個話題，沈圖舟挪動了下鏡頭的位置。「千千，我從下週開始就會忙了，畢竟開學了。所以之後的一段時間裡，我可能不會有太多時間和妳視訊或是傳訊息了。」

　　話落，映入沈圖舟眼簾的，就是蔣慕楠臉上閃過的那一秒空白，然而那不過是眨眼之間的事，再看向螢幕時，蔣慕楠依然是平時模樣，彷彿他剛剛看見的只是錯覺。

　　蔣慕楠眨了眨眼，開玩笑般地說：「好呀，正好我也要期末了，那等你有空一定要傳個訊息給我，讓我知道你還活著。」

　　「被妳講得好像我要去做什麼殺人放火的壞事一樣。」沈圖舟笑得無奈。

　　之後的聯絡正如沈圖舟所言，減少了許多，大多時候都是有一搭沒一搭地聊著，就算開了視訊也都是如此，沈圖舟忙得都沒有往鏡頭看過幾眼，從無話不說到各做各的事，偶爾蔣慕楠會抬頭，看著螢幕裡的人就出了神。

　　在第無數次只是看著對方，心中就滿溢可以稱之為幸福的情緒，她從而意識到自己有多喜歡螢幕裡的這個人的時候，

她想，或許所有的等待都是值得的。

她可以這麼相信著，對吧。

. . . .

轉眼間就到了除夕夜。

蔣慕楠一家四口往年都會回祖父家一同吃團圓飯，而與往年不同的是，今年還邀請了沈家，一起準備晚餐，聊聊天、配著新春特別節目，也甚感有趣且溫馨。飯桌上，蔣父無意間提及大伯一家人今年春節也不在國內，說是去美國玩了。

「美國」，蔣慕楠對於這兩個字的第一反應就是沈圖舟。

她才忽然想到，加上今年，他已經缺席兩年的團圓飯了，而自己和沈圖舟也已經一個多禮拜沒有什麼聯絡了。

一邊扒著碗裡的飯，一邊心不在焉地想著遠在汪洋彼岸的沈圖舟現在又在做些什麼，算了算時差，是不是才剛起床呢。

突地，一聲喊拉回了她的思緒。

「千千，要不要來玩仙女棒？」是蔣慕洵。

她嘲笑他。「都幾歲了，還玩仙女棒啊。」

蔣慕洵比了比站在他身邊的沈容川。「還有人年紀比我

大呢。」語畢，蔣慕洵彎身抱起蔣慕恬，示意蔣慕楠跟上。
「快，走啊。」

「哎，等等我！」蔣慕楠沒來得及把飯吃完，匆匆放下
碗，頂著兩家父母的好笑眼光就直奔大門而去。

四人在外頭玩仙女棒，玩了將近一個小時，蔣慕洵又帶
了大家去附近的彩券行買好幾張刮刮樂，趁著人少，他們就直
接坐在店家裡刮開了刮刮樂。

蔣慕楠自己對了一遍，不管她怎麼看，她那張都沒有中
獎，但她仍不信邪，直接拿給老闆以電腦掃描，仍舊沒中獎。

「這張差一點就中了耶。」她感到有些可惜。

刮完自己的，蔣慕楠也幫著蔣慕恬刮開她的刮刮樂；蔣
慕洵和沈容川都已經拿去給老闆掃描過了，也都沒有中獎。

「今年大家的運氣都不太好啊。」沈容川無所謂地笑了
笑。他不在意有沒有中獎，刮刮樂對於他來說只是圖好玩的
罷了。

話剛落，刮開蔣慕恬的刮刮樂的蔣慕楠就興奮地說：
「這個中了，恬恬的這張中了！」

聞言，沈容川詫異地笑了。「去年恬恬的也有中對吧，
我記得？她大概是天生的幸運兒了。」

……

　　玩了整個晚上，蔣慕楠洗漱完後，就直接趴上床給親朋好友們發新年祝賀的訊息了。

　　最後，她才翻出和沈圖舟的對話框，一字一句地輸入：「圖圖，新年快樂啦！我們這裡已經過整點了，今年的團圓飯是和你們家一起吃的，但是你不在，真的好可惜呀。我們玩了仙女棒，還去買了刮刮樂，但是你知道嗎，今年我又沒有中了嗚嗚嗚。我們四個裡面只有恬恬中，她超級幸運的是不是！好啦，不打擾你了，我知道你很忙，但還是要記得休息哦。」

　　她的手機一直不停地傳來訊息提示音，都是其他人回覆她的新年賀詞，她等了好一會兒，都沒有等到沈圖舟的回覆，她也沒怎麼在意，點開社群軟體，看見了好多朋友們發的團圓飯，她繼續往下滑，視線忽地凝住。

　　是蔣安璇發的照片，並配文：「謝謝一日導遊啦！You really made my day♡」照片上只有一個模糊的人影，雖然沒有拍到正臉，但蔣慕楠還是一眼就認出了照片上的人正是她家圖圖。

　　蔣慕楠不自覺地蹙起眉頭，誰能告訴她這是怎麼一回事？

　　話說，那顆愛心真礙眼。

06

還沒等學生黨玩盡興，假期就結束了。

回到學校的第一天，四人齊聚在 ONLY——ONLY 是學校附近的一間甜點店，除了好吃之外，價格也非常平易近人，是學生黨課後的好去處。

畢竟有一段時間沒有見面了，除了蔣慕楠之外的三人都聊得歡快。很快地，所有人注意到了平常也會參與話題的蔣慕楠今天卻異常沉默。

三人相互對視了幾眼，沒有人知道蔣慕楠究竟是怎麼了。

坐在蔣慕楠旁邊的葉思卓用手肘戳了戳她。「千千？」

被點名的人猛地回神。「什麼？」

「沒事，我們就是看妳今天不太說話，是發生了什麼事嗎？」紀則然問。

薛楚亦挑了挑眉。「不只今天，妳最近都挺不正常的啊，好久都沒和我們一起出來玩了，一下課就趕著回家，我看妳期中考這幾天也心不在焉的。」

蔣慕楠抿了抿唇，很輕地嘆了口氣：「就是圖圖太忙了，

從過年前到現在，我們基本上都是兩三天才說上幾句話，偶爾還會好幾天都沒聯絡的。然後除夕夜那天，我看到我堂姐——就是安璇姐，她發了篇文。」蔣慕楠翻開手機相簿，找出截圖，遞給三人看。

薛楚亦嘖了兩聲：「估計她就是發來噁心妳的。」

紀則然沉默了一瞬，問道：「妳有問過妳男朋友了嗎？」

蔣慕楠頓了一下才緩慢搖頭。「我不知道該怎麼和他說。我當然信任他，可是我看到的時候還是覺得……很煩躁。我不知道該怎麼形容那種感覺，加上他變得越來越忙，我開始感到惶恐，我開始隨時都想發訊息給他，或是和他視訊以此確認他的存在。我知道這樣很糟糕，但是我無所適從。」

葉思卓攬住好友的肩。「信任確實是兩個人相處之間很重要的一點，但是千千，溝通也是啊。這無關妳信不信任他，但是妳要和他說出妳的感受啊。妳不說，他就不知道妳為什麼難受，最後妳只會陷入無人理解的不安裡，而這樣的不安，最終有可能會消磨掉你們之間的感情。」

「千千，妳要知道，很多事情只要不說，就不會有人知道了。」

在蔣慕楠打了無數次的視訊後，沈圖舟才終於接了起來。「千千。」

蔣慕楠揚起沈圖舟最熟悉的笑臉。「圖圖，你在做什麼呀？」

「我在忙作業呢，怎麼了嗎？」

沈圖舟說得輕鬆，然而蔣慕楠依然可以從他的表情裡看出那絲被掩藏得很好的疲憊。

蔣慕楠懊惱不已，她知道自己又打擾到他了。

在沈圖舟察覺出她的異樣之前，蔣慕楠很快地將眼裡的情緒掩去，扯了扯唇角，故作驚恐貌：「哎呀，驚擾到陛下辦公，臣罪該萬死！」

沈圖舟搖頭失笑。「千千，妳古裝劇看多了吧。」

兩人閒話家常了好一會兒，在沈圖舟說到過幾天就是他哥哥的生日時，蔣慕楠隨口說了句：「安璇姐的生日好像也快到了。」

聞言，沈圖舟愣了一下，笑答：「是嗎，那你們打算怎麼慶祝？」

蔣慕楠一句話不經腦就直接脫口而出：「她可能比較希望你幫她慶祝吧。」

沈圖舟的笑容在一瞬間隱沒。「千千，妳知道妳自己在說什麼嗎？」

沒等蔣慕楠回答，沈圖舟又接著說：「如果你還是介意蔣安璇發的那篇文，我已經解釋過了，是妳大伯來找我的，說他們對這裡不太熟，讓我帶他們一家人去附近的景點逛逛。他是妳大伯又是長輩，我再怎樣都不好拒絕，所以我還是答應了，但我是多帶了兩個朋友一起去的，我不知道蔣安璇什麼時候偷拍我的，也不知道她為什麼要那樣發文造成妳的誤會，我知道妳看見時心情肯定會受影響，所以我讓蔣安璇把貼文撤掉了。可是千千，妳就不能多信任我一些嗎？」

蔣慕楠啞了口，她忽然想哭，在看見沈圖舟臉上毫不掩飾的受傷的時候。

「我⋯⋯」

沈圖舟捏了捏眉心。「千千，我不知道妳最近到底怎麼了，我不覺得蔣安璇是造成我們之間最大的隔閡的原因，但或許她是其中之一。我們各自冷靜一下吧，我們都得好好想想，我們之間到底出了什麼問題。」

「千千，妳能多信任我一點嗎？」

07

週末回家，蔣慕洵注意到了妹妹的不對勁，他試圖想明白究竟發生了什麼事情，偏生從她嘴裡撬不出任何有用的訊息。好吧，既然蔣慕楠不說，那身為她男朋友的沈圖舟肯定會知道究竟發生什麼事了。

於是，蔣慕洵就趁著蔣慕楠不在家時，打了視訊給沈圖舟。

一見沈圖舟接通，蔣慕洵就劈里啪啦地開口說：「我的好兄弟，你總算是接了。對了，我想問你知不知道千千最近是怎麼了，我看她挺低落的，但是我怎麼問她，她都不說，你知道是發生什麼事情了嗎？」

聞言，沈圖舟沉默了一瞬。「我們算是……吵架了吧。」

蔣慕洵有些錯愕。「怎麼會吵架啊？原來你們還會吵架？」

沈圖舟笑得無奈。「說來話長。」

他解釋了一番，才讓蔣慕洵終於明白妹妹的異樣是為何而來。

「大概是從蔣安璇的那篇貼文開始的吧，我也不確定，就覺得，千千她開始變得緊張兮兮，她雖然沒有直接說出來，

但我看得出來，她好像隨時都在害怕我會離開一樣。」沈圖舟輕嘆了口氣。「她為什麼不能多信任我一些？」

蔣慕洵也知道蔣安璇的貼文是怎麼一回事，他思索了一陣，才道：「我覺得吧，她不是不相信你，她是不相信自己。」

沈圖舟微微擰起眉頭。「什麼意思？」

「你也知道的吧，她是那種什麼事情都悶在心裡的人。就是因為都不說，所以她不擅長表達自己真正的想法，要不是瞭解她的人，可能以為她說的就是她真正想表達的。我當然知道你很瞭解她，分得出哪些話是她的真心話、哪些不是，但那是以前，現在的你們隔著汪洋彼岸和螢幕，你們說話還得靠著通訊軟體，你可能看見了她笑著跟你說今天過得如何，但你看不見她掛掉視訊後哭腫的雙眼。說實話吧，那時候你們在一起，我還挺訝異的，不是說訝異你們在一起，是訝異在一起的那個時間點，當時你準備要出國，而她才剛在一起就準備要面對長時間的遠距離。我才知道，她是真的比我想像中的，還要喜歡你。」

「我知道。」沈圖舟啞著聲開口，他閉了閉眼，接著說道：「我一直以來都知道自己想要的是什麼，包括選擇出國念書。但其實這條路並不輕鬆，我沒有和她說，我有時候真的覺得在這裡念書的壓力特別大，身邊比我優秀的人其實多

著去了。每次和她視訊，是我覺得最放鬆的時候，讓我覺得這一路上的辛苦好像挺值得的、好像沒什麼大不了一樣；每次她隔著螢幕對我笑的時候，我都有種衝動想和她說，再等等我，等我足夠優秀、等我回去，我們就不要再分開了。」沈圖舟垂眸低笑。

「怎麼辦，我現在好想回去抱一抱她，我真的好想她。」

∵ ∴

蔣慕楠趴在床上，興致缺缺地滑著訊息紀錄，有好幾條未讀訊息還沒有回覆，她首先點開了和葉思卓等三人的群組，薛楚亦發了張和餛飩麵的自拍照，並配文：「你們要我還是要餛飩麵？」

葉思卓回覆：「果斷餛飩麵。」

紀則然也回覆：「餛飩麵加一。」

薛楚亦傳了個表示心痛的貼圖。「在餛飩麵的面前，我們友誼的小船說翻就翻。」

三人的對話讓蔣慕楠忍不住哈哈大笑，原本鬱悶的心情一掃而空。

已經快要兩個禮拜了，她還沒有和沈圖舟和好。

想起沈圖舟，她輕嘆了口氣，沒敢再多想，翻身下床走出房間，打算下樓去熱杯牛奶。她走進廚房，從冰箱裡拿出牛奶倒滿一杯，再放進微波爐裡加熱。在等待時，她恍惚聽見身後傳來那道令她魂牽夢縈的聲音。

怎麼可能呢，圖圖現在怎麼可能出現在這裡，她搖了搖頭，只當是幻覺。

果然，那道聲音直到她熱完牛奶都沒有再出現過。

蔣慕楠從微波爐裡拿出牛奶，帶著馬克杯準備上樓，卻在轉身的瞬間，對上那道聲音的主人投遞而來的目光時，徹底愣住了。

「你……」你怎麼會在這裡？

沈圖舟小心地避開她手上的熱牛奶，傾身抱住他想念許久的女孩。

「千千，我好想妳。」

蔣慕楠倏地紅了眼眶。

午 noon

We The Kings
〈Sad Song〉

他不是她的愛人，
是她生活裡的一部分。
如果說人生是一場兵荒馬亂，
那他就是她的劫後餘生。

「原來你在這裡。」

他就坐在庭院的鞦韆椅上，手上拿著一本書，聞聲回過頭，看見是她，他笑著朝她招了招手，輕聲道：「過來。」

眼前的場景彷彿再熟悉不過，歲月呼嘯而過，模糊了當年的稚嫩，所有陳舊的春光如同被拆封一般翩然而至，大人們的呼喊、成群孩童的笑鬧、烤肉的香味，陽光美好得不像話。

獨有一少年，眼裡的春夏秋冬就是她的人間萬象。

她在他身邊坐下，眼見還有空間，就往他身邊挪了挪，

半個身子都傾向他的方向，想看一眼他手上的那本書是什麼，沒抓好平衡就整個人往他身上倒，他沒有什麼反應，只是放下本來交疊的雙腿，她很順勢地直接躺在他腿上，喬了喬姿勢，最後直接蹬掉鞋子把腳提上鞦韆椅，乾脆地平躺。他的書放得很低，懸在她的視線上方，她用手指往上撐了撐，終於看清了書名和簡介。

忽然想起他那一整面牆的大書櫃，那些早期的童話故事書都已經從他的書櫃上撤下了，換成了年少時候喜愛的福爾摩斯系列，幾乎搜集了全集，都還擺在他的書櫃上。

他的閒書其實不算多，除卻非英文的書之外，剩下的大部分都是專業書籍，儘管留有適當的空間，甚至還有些裝飾或是小盆栽之類的小物，但那一整面牆的書還是讓人看得眼花撩亂。

她記得，他曾經和自己說過一本推理小說的劇情，條條分明地列舉出案情和線索，加上他自己的分析，她已經記不得他內容到底說了些什麼，只記得他翻著書頁的纖長手指，只記得他說話時嘴唇一張一翕地動，只記得他被頭上燈光打亮的側臉。

只記得他無論是什麼表情、有什麼舉動，在她眼裡，都像在發光。

「這是推理小說嗎？」她問。

他低低應了一聲，突然移開擋住她視線的書，她在猝不及防之間撞上他低下頭來的目光，他伸出手替她撥開了額上的碎髮，又用手順了順披散在他腿上的她的頭髮，「是不是頭髮又長了？」

「對啊，更討厭吹頭髮了。」

他聽著她抱怨似的話突地笑了，像繁花盛開在花朝月夕，萬紫千紅，美得不可方物，好看得像一幅流動的畫。

她看著他笑，抬手遮住他的眼睛，還能感覺到他的睫毛刷在掌心上，有些癢。

他把她的手拉下來，驀地在她掌心裡落下一個吻——好麻，像是觸到電流一樣，她幾乎是反射性地想把手收回來，卻被他一手抓住，指腹在她的掌心摩挲一陣，似乎是想替她把麻癢除掉。

然後收緊，成了十指緊扣。

她直愣愣地朝著他笑，突然坐起身，用僅剩的一隻手攬住他的脖頸，頭就靠在他肩上。他也沒有放掉握著的那隻手，用自由的那隻手輕拍她的背，像極了哄小孩的姿態。

「怎麼了，嗯？」他的語氣輕得不可思議。

「沒有，只是想抱抱你。」

　　她忽然想起在高中的時候，忘記為什麼進了急診，那時候他已經上了大學，也不知道是家裡的誰和他提起自己住院的事情，沒過兩天她就在病房裡看見了他⋯⋯這速度和效率快得她都要以為航空公司其實是他家開的。

　　「你怎麼來了？」她沒有覺得這次住院是多大的事，他卻風塵僕僕地帶著行李跨海而來。

　　「我放假了。」他雲淡風輕地帶過這個話題，替她掖了掖被子。

　　「但你不是要去進修嗎？」眼見他似乎想避過這個問題，她硬生生吞下盤旋在心頭上的疑問。

　　她剛想拿起手機，他就把手機奪了過去。「別看，傷眼。」

　　她剛想打開電視，他就把遙控器奪了過去。「別看，傷眼。」

　　她頓時啞了口。

　　「看我就好。」他伸手覆住她的雙耳，她一開始以為他只是玩笑的語氣，卻沒想一抬眼，他的額頭就靠上自己的，他很輕地嘆了一口氣，「我也會害怕。」

　　我也會害怕。她眨了眨眼，只五個字就讓她眼角濕熱。

「有時候，隔著螢幕我會想，和妳相處的時間都不夠了，哪有多餘的時間和妳吵架。」他低笑了一聲，又接著說：「花了十多年陪妳長大，我有耐心，但只要一想到人生太多意外都讓人措手不及，我就覺得餘生太短。」他低垂著眉眼，她看不清他的神情。

　　「所以我來了⋯⋯沒什麼其他的想法，只是想來看妳一眼。」

　　我的餘生。

　　「只是想抱抱你。」

　　只是突然⋯⋯有些難過。

　　總歸日短心長，那些聚少離多的日子，太多想去的地方來不及去、太多想一起做的事來不及做，那就這樣吧。只要是和他就好，就看著他、什麼話都不說也好，有他的日子都很好。

　　他不是她的愛人，是她生活裡的一部分。

　　如果說人生是一場兵荒馬亂，那他就是她的劫後餘生。

＊

　　小時候，並不常去博物館或是美術館之類的地方，直到

近幾年去了九一一國家紀念博物館。

　　一進館裡所有的血液像是冷凍了一般，只有絕對的安靜和絕對的沉重，還有彌漫在空氣裡那抹散不去的悲傷。建築及物品的殘骸、罹難者、倖存者或是救難人員的照片，媒體、逝者、親友的錄音或是錄影的紀錄。

　　一瞬之間的花火，漫天的新聞報導震驚全球，所有人都難以置信。

　　撕心裂肺的、沉甸甸的，壓在心頭上的窒息。

　　她走進一間開放式的房間，中間擺了幾張沙發，空間沒有多大，除卻坐在沙發上的人們，大部分的人都是站著的，表情同樣沉靜肅穆。裡頭沒有燈，只有幾張照片掛在牆上和正在重複播放的影片和錄音。

　　已經記不太得內容了，只記得連呼吸都如履薄冰。

　　難以消化的當頭棒喝。

　　這是距離平安喜樂最遙遠的斷層，如同距離他們的生活——本該是這樣，原以為是這樣。

　　在館內走了很久，直到走到一面牆前，上頭寫著羅馬詩人維吉爾（Virgile）的一句話：「日夜都不能將你從時間的記憶中抹去。」（No day shall erase you from the memory of time.）

眼眶突然一熱。有一雙手從身後覆上她的眼，完全地將她的視覺和外界隔離。他的聲音彷彿來自靈魂深處，在她的耳邊破碎：「如果難過就不要看了。」

　　他的聲音似乎在隱忍些什麼。她正要開口說話，他卻反手將她擁進懷裡，撲面而來的是他的氣息，隔著一層布料，她聽得見他此刻的心跳。

　　一瞬間她像是知道了些什麼，不是大膽的猜測，是呼之欲出的答案。

　　「你有看到，對嗎？」她伸手環抱住他。

　　「嗯。」他從喉間溢出一個單音節，沉默了幾秒又道：「雖然離得有些距離，但是……我看到了。」

　　還是看到了。她環抱著他的手驀地收緊。

　　「當時年紀還小，我不記得了。」他的手覆上她的後腦，很輕地揉了揉，「現在沒事了。」

　　他其實沒有忘記，她知道。那些畫面是日夜糾纏的夢魘，爬不出深淵的嘶啞叫囂。

　　某種情緒在胸腔裡膨脹，在霎時之間就要衝破屏障似的，幾乎承接不住地溢滿出來。她沒有說出口那幾乎要灼傷胸口，熱辣辣的心疼——沒事了、真的沒事了。

　　她不大會安慰人，只得學著他當初抱自己那哄小孩的姿

態，輕拍著他的背。

　　她也不大會說安慰人的話，只得沉默地聽著彼此的呼吸聲，和周圍人來人往的腳步聲。

　　「走吧。」他鬆開抱著她的手，手很自然地再牽過她的手，一張一合，十指緊扣。

　　她用餘光看他，卻見他的神情依舊如初，彷彿剛剛的情緒起伏只是錯覺。

　　他已經很習慣地慢下速度配合她的步伐，走出館外，她晃了晃兩人交握的那雙手，他側過臉看她，投遞給她一個疑問的眼神，「嗯？」

　　「我們去買冰來吃吧？」她朝著他笑，加大了手臂擺盪的幅度。

　　「好。」他也笑了。

　　她知道自己是一個非常矛盾的人。

　　儘管平時表現出來的大多是理智和冷靜，那些難以說出口的糾結和感情用事也都只敢在心裡發牢騷。她還知道自己在某些方面幾乎算是笨拙，不怎麼會安慰、不怎麼會放低身段、不怎麼會撒嬌，更不怎麼會說好聽話。

　　她太好面子，哪怕下一秒後悔不已卻也不肯服軟，典型的悶葫蘆和吃軟不吃硬，她有她的脾氣、有她的鴕鳥心態、也有她的不自信，只會笨拙地捧著一顆赤誠和他說：餘生交給

你，請多指教。

　　她忽然想起那部小說改編的電影《Lolita》裡的一句話：
「他可以褪色，可以枯萎，怎樣都可以，但只要我看他一眼，
萬般柔情便湧上心頭。」

　　一眼銘心，一生刻骨。

　　比愛更難能可貴的是理解──他理解她彆扭的安慰，甚至
欣然接受。

　　幸好是他，一路溫柔相待。

　　哪怕他擁一身料峭入懷，她借南風渡他春暖花開。

- - - - - - - - - -

我把餘生的歡喜都給你

也有因為過於幸福而想要流淚的時候啊。

Boys Like Girls
〈Two Is Better Than One〉

多好，裡頭有一個他。

踩著一地從容，橫跨半世紀的空白，

原諒她始終不如李白高明，

終於將他的眉眼撈成了一輩子的牽掛。

「我叫妳別來了。」

喀嚓一聲，只剩下空洞的嘟嘟聲，猶言在耳的是他略帶不耐煩的語句，電話被掛掉的同時，像是被灌了檸檬汁似的，心臟有些泛酸。

「我在機場了。」她還沒來得及把這句話說出口。

斂下眼簾，深吸口氣，重新邁出的腳步卻不如先前的自信。

那……你會來見我嗎？

當時，他並不在她身處的那個城市，後來是他的姐姐來

機場接她。

　　他的姐姐在車上笑著和她說：「其實我們全家都知道，他有一個朋友來找他，我媽說不放心妳一個女孩在外，不如住到我們的老家吧？」

　　聞言，她的腦海裡卻竄過他含怒的臉。

　　他姐姐看見她臉上一閃而逝的尷尬，似乎是暸然了些什麼，善意地笑道：「不然妳先來住我家吧。」

　　在他回老家之前，他的姐姐帶著她逛了很多地方，也聊了很多，他們家的事、她和他的事……還有很多，有關於他的事。她看著他的姐姐的臉時，總忍不住走神，他們笑起來真像啊。

　　「其實妳不用擔心他會生氣，他這個人啊，就是刀子嘴豆腐心，知道妳要來，他還特別讓我好好照顧妳。」

　　「他生氣的原因大概是，妳一個人來到這裡無依無靠的，怎麼就這麼不聽勸告。」

　　「他會生氣只是因為擔心妳。」

　　她面上閃過一絲不可置信的愕然，只是因為擔心自己，是真的嗎？

　　下午待在咖啡廳時，他的姐姐突然說：「還好妳是十八歲時，才做出這種『為愛走天涯』的衝動事，真勇敢，而且還是妳第一次搭飛機呢。」最後她有些感嘆地說道：「我到了

現在這年紀，也都不敢嘗試啊。」

她大抵是有些尷尬，支支吾吾地想辯駁些什麼。

「哎呀！」他姐姐不甚在意地揮了揮手，看著她的眼神卻帶著赤裸裸的調侃。「隻身一人來到一個陌生的城市，只是為了見另一個人，這很明顯了啊，還能為了什麼。」

還能為了什麼。

就連自己都不知道哪來的勇氣。

幾天後，她和他姐姐等著他來載她們回老家，直到看見他帶著炫目的笑容開車來載她們，她心裡空落的那塊似乎在頃刻之間被填滿了。

她知道她賭贏了。

在晚餐時，她聽見他在廚房裡和他母親說：「媽，留一碗麵別放辣，她不吃辣。」

她不吃辣——這是連她的好友偶爾都會忘記的事，他卻記得。

睡在他老家的屋簷下、見過他的家人和親朋好友，就好像她終於走進他的世界。

多好，她的世界裡頭有一個他。

踩著一地從容，橫跨半世紀的空白，原諒她始終不如李白高明，終於將他的眉眼撈成了一輩子的牽掛。

傾盆大雨，唯他晴空萬里。

沒有任何她擔憂的囂張跋扈，之後的幾天，他帶著她四處走走，他走到哪裡就會和她提及該地人文歷史，還有他小時候在此發生過的事。看著他說得神采飛揚，她偶爾走神，他臉上的輪廓沾染了些許懷念，面目呈現放鬆的慵懶姿態，眉梢全是輕快笑意。

這是他長大的地方。她將眼前的景色都小心收攏──她把關於他的都妥善收藏。

他們走了一座小橋，那座橋是用石頭搭建起來的，中間有很多縫隙。

「走慢一點，小心跌下去。」他在上橋之前先出聲提醒。

「上次來是小學的時候了，我很怕掉下去。」他自己說著說著也笑了。

她笑他：「小學時候的你還比較勇敢。」

「因為那次是我閉著眼睛抓著老師的手過去的。」他坦白。

她差點想伸手去牽他。

走到橋的盡頭，他們遇到了一個很友善的老人，老人說

了這座橋的故事，也說了，這座橋叫「情人橋」。

咯噔一聲，她的心裡有一處傾塌，壓在上頭的是莫名的悸動。臉頰有些燙，她不敢去看他的臉。

她不知道是不是她想多了。

下午的風起了。

他帶她去了他從小到大的秘密基地，在路上，他們買了兩個風箏。

她很是不解，問了到底要去哪兒，她完全不會放風箏啊。

聞言，男生只是笑，故作神秘地吊著她的胃口。「等等妳就會知道了。」

他帶她來到了一大片的草原。

放眼望去全是一片綠色，罕見人煙，能聽見的是風的呼嘯，還有青草的味道。這裡的空氣簡直清新得不得了，映入眼簾的景致美得如同動畫做出來的特效，令人屏息。

她懂了，他為什麼會將這裡當成自己的秘密基地。

她照著他教她的方式，試圖讓風箏成功飛起，卻總是失敗。

在他看見她的哭笑不得時，他也倏地失笑，將自己手中的風箏給了她。「妳放我的試試吧，我幫妳。」

兩個人一起拉著風箏那條細線，在草原上奔跑著，眼見

風箏成功高飛，她開心地大笑。

眼見風箏飛得很順，他鬆了手，讓她一個人操控風箏，只是沒過一會兒，風箏就像是鬧脾氣似地，緩慢掉了下來。看著女生錯愕的表情，他笑得開懷，調侃她：「這種事還是需要天分的。」

她想，她大概真的天生不適合放風箏。

後來她也不掙扎了，認命地等在一旁看著男生放風箏，只是拿起手機拍下他的身影，彷彿成了他的專屬攝影師。

他拿著風箏走近她，在她身邊坐了下來，「這裡很美吧？」

她點頭，無比認同他的話。

「我想要以後就住在像這樣的地方——後面是綠色草原，前面就是藍色大海，我要在這樣的地方蓋一個家。」

她安靜地聽他說著未來藍圖，而他眼裡的暖色，恣意了她整個夏天。

開學後，她回到了學校，她最近找了一份打工。

她知道，店長總會在早晨的固定時間打電話叫醒他的老婆，哪怕當時店裡多忙碌。每天、每日，從不厭倦。店長和他的妻子結婚已經五年多過去。

她想，要是有人問她，她覺得最動人的情話是什麼，她肯定會回答：「早安和晚安。」

有一次颱風天的晚上，她接到了他的電話——這是分別後他第一次主動打電話給她。

　　一聽見那頭的聲音，她就知道他似乎喝多了。

　　「妳是誰啊？嗯……是那個誰嗎？」他說得很模糊，她聽了好幾次才聽明白，原來他喊的是自己的名字。

　　她耐心地應著他的話，像哄小孩一般，卻沒有想到電話另一頭的人，說著說著忽然就哭了，「我很想珍惜妳啊，可是妳都不知道。」

　　她聽著他的話整顆心脹得酸軟，她現在忽然很想見他。

　　她輕聲道：「我們見一面好不好？就明天，我去找你。」

　　她想確定，這一次是不是……和她想的一樣。

　　她是第一次坐男生的機車後座。她很緊張，緊張得不知道要把手放在哪裡，最後只小心翼翼地搭在他肩上。好幾次紅燈，車停下來，他都會側過臉看她，卻什麼話也沒有說。她是知道意思的，卻先紅了臉。

　　沒多久便開始飄雨，甚至有越來越大的趨勢，他把車停到騎樓下，待兩個人都穿上雨衣，才重新坐上車，幾乎是慣性地，她像坐上父母的後座一樣，抱住了前座人。

直到一雙手覆上她的手背，她才像是觸電般地驚醒，幾乎是立刻想要抽回手，卻被牢牢握住了，他轉過頭來朝著她笑，叫她抱緊。

　　這是她第一次被他牽了手。

　　她想起當初過橋的時候，她沒有勇氣去牽他的手，現在是他先牽了她的手。

　　遇見他之前，事與願違；遇見他之後，如願以償。

　　再也不怕心頭的那顆大石隨時會墜落，她的心事終於扎根，用他的目光灌溉成無與倫比的快樂，就如同和天空走散的飛鳥，終於歸巢。

　　曾經以為早已逾期的情深，終於被時光兌現。

You are the answer to my prayers.

- - - - - - - - - - -

你在的城市放晴了

互相暗戀最後成真的故事永遠不會膩呀，少年少女的繾綣心思果然是當時最珍貴的寶藏。

John Legend
〈All Of Me〉

我走過最好的路，是從你的念念走到不忘。

你手捧玫瑰，迎風而立，

多年情深，像捧著我的全世界。

　　翻著去年夏天的照片，翻著、翻著，翻到了當時在普林斯頓大學拍的照片。她這才記起當初本來的行程並沒有這部分，是後來要從華盛頓特區回到紐約前又順道去了紐澤西州。

　　他們從學校的其中一個入口進入，國外的大學是真的大，非常確定的是他們留在這裡的時間絕對不夠走完整個校園——完全懂了，為什麼那些電影裡會有騎著腳踏車繞校園的場景了。

　　在這裡停留的時間並不長，每一棟建築甚至每一面牆壁都美得讓人流連忘返，他的懷裡揣著他的單眼相機，卻始終沒有拿起來拍過任何風景。而和他相反的是，她拿著相機，一路

拍建築風景，那架式彷彿打算硬生生殺光相機的記憶體。

　　不遠處的一棟建築前，有一對新人在拍婚紗照，旁邊還有不少人在圍觀。

　　她拉著他湊過去看，「我猜他們是這裡的校友。」

　　他漫不經心地應了一聲，然後問了她一句：「妳喜歡這裡嗎？」

　　「喜歡啊，這裡很美。」

　　「好，那以後我們也來這裡拍。」

　　「拍什麼？」她的思路還沒有轉過來。

　　「婚紗照。」他微微低著頭看她，眼裡溢滿了溫情，笑得風情萬種。

　　她又停下來拍照，然後指著剛剛抓好的位置，對著他說：「你去站那裡，我給你拍照，然後再換你幫我拍。」

　　她低頭調著相機，只聽見他忽然說：「我已經不是第一次來這裡了。」

　　她恍然點頭，這才明白他都不怎麼拍照的原因。

　　「但這是第一次，和妳一起來。」他背對著太陽，像是逆光而行，陽光不情不願地勾勒出他的輪廓，她看不清他的表情，「所以……兩個人一起拍不是更好嗎？」

她霎時愣住。

他叫什麼名字、他的身家背景、他的學經歷、他的個性、他的一切，有很多可以形容他的詞，但此刻想什麼都是枉費，只有一句話能夠概括——他是她的心上人。

他是她想好好珍惜的人。

*

回國的那天是晚上。

機場裡依舊人來人往，有人熱烈擁抱再親切問好，也有人含淚道別再步步回頭。

匆匆步伐被捲進人流裡，滴答之後再也掀不起一絲波瀾。

辦好一切手續後，兩人往登機門走。

那是一個岔路，上頭的標示牌清楚地標示著哪些登機門在哪個方向，但現在看來不管左右邊，都是免稅商店。他們看著還有時間，便隨意選了一個方向慢慢逛。甚至還有熱心的專櫃小姐和他們說，往哪邊有星巴克，還有哪裡有什麼等等的。

「我們去買杯拿鐵吧。」他說。

其實比起拿鐵，他更傾向美式，但是他知道她的所有喜歡。

後來繞到星巴克，卻發現已經打烊了。在走回來的路上，

看見一間還開著的小咖啡廳，最後他們買了一杯冰拿鐵。走回登機門，才喝幾口他就從她手上拿過拿鐵，順手放在一旁空著的椅子上，輕聲道：「晚上了，別喝太多，等等上飛機會睡不著。」

「我喝咖啡不會睡不著啊。」

「我知道，但我還是擔心妳睡不著。」他垂下眼簾，睫毛細細密密的，遮住他此刻的神情。他拿出一張紙巾，仔仔細細地替她將她手上因為捧著冰拿鐵而留下的水漬擦乾。

登機之前，那杯拿鐵已經被他喝完了。

她忽然想起，她甚至不知道他是從何時開始養成喝咖啡的習慣。問起他的時候，總是被他雲淡風輕地帶過：「喝久就也習慣了。」

她知道他晚上喝咖啡會睡不著，但他將那杯拿鐵喝完了。

在排隊等著登機時，她笑著問，他這次怎麼會和她一起回來。

「不知道，還挺衝動的，但主因是想陪妳過生日。」他眉目柔軟，眼裡有著明晃晃的笑意，細細碎碎，灑在每一寸她所能目及的角落。

突然，她想起之前偶然看見法國作家安德烈・紀德（André

Gide）在《窄門》（*La Porte Étroite*）裡說的一句話：「為了你，我把人生的高度設得那麼高，以至於人間所有樂事對於我來說全是失落。」

「妳要我別來送妳，我只好和妳一起走了。」他笑道。

她只記得，在喧囂的人群裡，他輕淺的聲息特別動聽。

*

將近年末，迎來了他的生日。

算好時差、掐著整點撥通了視訊，他的感冒似乎好多了，紐約的零點，他手邊還擺著筆電，捲起的毛衣袖口和桌上的馬克杯，而他就坐在椅上，一塵不染。

她看著恍了神。

筆電的螢幕上跳出了許多訊息提醒，甚至還有通話或視訊的邀請，他一一點了拒絕，側過臉，視線才和她的相會，彎了彎好看的眉眼。「我在等妳。」

「生日快樂。」她朝他綻開笑容。

他的唇角仍然保持著上揚的弧度，漂亮分明，「我唱首歌給妳聽吧。」

他帶著筆電走到了客廳，客廳擺著一臺鋼琴，他在鋼琴前坐下，他的手很好看，骨節分明，大概是天生就適合學樂器

吧，還堅持了這麼長的時間，學到現在這麼好的程度——不像她自己，要學還學得亂七八糟。

他只是唱了開頭，她就鼻酸了。

......Cause all of me loves all of you
Love your curves and all your edges
All your perfect imperfections......
......The world is beating you down
I' m around through every mood......

曲終。

「我想戒咖啡了。」她說。

「好，我給妳買可可。」

「我們再搭地鐵去走一走。」

「好，要去哪裡都可以。」

「我們再搭渡輪去看自由女神。」

「好，這次只買一包爆米花。」

「我上次沒有買到我喜歡的那條手鍊。」

「好，我們再去買。」

「我好想你。」

他忽然笑了，卻垂著眼沒有看她，他的笑裡帶著淺淺無

奈，聲音低了下來，混著點夜晚裡的沙啞說：「我真怕妳哭。」

曾經路過萬家燈火，見證一次次文明的興衰，和聲色犬馬的年代。

後來終於有了最深的城府，和最無憂的牽掛。望眼欲穿，都是他。

她走過最好的路，是從他的念念走到不忘。

他手捧玫瑰，迎風而立，多年情深，像捧著她的全世界。

幾歲年紀，她知道自己不是自以為浪漫地相信所謂的一生一世一雙人，只因為相信他——相信眼前的這個人。

幸好，歲月對她最好的寬容，是在剛好的年紀，沒有錯過他。

聽說時光記得你

我想過很多次，愛和幸福的真實面貌應該是什麼樣，但後來發現其實這些都不重要。能夠使自己感覺被愛、感覺幸福，這似乎已經是很大的幸運了。

Mandy Moore & Zachary Levi
〈I See The Light〉

用我的餘生為你加冕，

陪你從朝露未晞走到星空滿載——

那些時光虧欠的，

我願意用餘生悉數補上。

有一回出遊，去了美國西部的度假牧場，特地把所有的
通訊工具都收了起來，那些時日簡直是完完全全地遠離塵囂、
杜絕繁華，徹底體驗了一回最簡單的生活。

夜晚星光熠熠，甚至能清楚地看見螢火蟲，那樣平凡的
日子美好得不像話。

很久沒有這樣了。

毫無心事地、毫無包袱地，就這樣奔赴一場最樸素的盛
宴——是完全新生的日子。

當時她開口，問了身邊的他：「怎麼會選擇來這裡？」

他是一個生活得太精緻的人，精緻非指物質上的華美或是滿足，而是對生活一向的追求和品味。潛意識地，對於他來此處的選擇，她是錯愕，甚至說是有些難以理解的。

「嗯……來這裡尋找『生活』。」他只是笑。

在時間的懸崖上庸庸碌碌，在生命的皺摺間絕處逢生，在絕望的深壑裡苟且偷生，好似對待生活的認真不過是為了隆重一生的榮光，卻始終尋不著自我意識，曾經以為所謂「生活」就是這樣了。

他說，汲汲營營之下，或許總要等到不忙的時候，才會知道真正的自己是什麼模樣。

在後來回想起，她才理解他的意思。

午後，兩人去了馬場，負責馬場的人員一身西部牛仔的裝扮，笑出一口白牙，問他們是不是要騎馬，得到確定的回應後，他的眼神在兩人之間游移，有些遲疑地開口問道兩人要一起騎還是一人一匹。

他低聲詢問身旁的她：「妳一個人騎會怕嗎？」

「不會啊，我騎過馬。」她說。

「可是我怕。」

「啊?」她以為自己聽錯,有些愣地抬頭看著戴著墨鏡的他,她看不見他的眼睛,只看得見他那微微上揚的唇角,不難看出他此刻的好心情。

「所以⋯⋯我們一起騎吧。」

她頓時有些哭笑不得,他就是故意的吧。

後來,突然下了大雨,他們只有一把傘,看這雨勢簡直是有撐跟沒撐一樣,她猶豫了片刻道:「不然等一下吧,等雨停了再回去也不急。」

他看了看雨勢,回過頭和她說:「這雨應該一時不會停,我們別等了吧。」

見她點頭,他卻突然在她面前蹲下,「上來,我揹妳,妳幫我撐傘。」語氣很堅持。

外頭的雨勢沒有變小,反而變本加厲,路上都是泥濘,甚至還有幾個不同大小、深淺不一的水坑直接橫亙在路中,要過去勢必就得踩進水坑裡。

她忽然明白他為什麼說要揹著她過去了。

「我還是自己走吧,回去再洗就好了,沒關係。」她後退一步,想起他今天穿的鞋似乎是最近新買的,認真地拒絕:「而且我捨不得你的鞋子。」

他卻還是蹲在地上沒有起身，只是側過臉看她，目光和暖。「鞋子？我比較捨不得妳。」

她登時心軟得一塌糊塗。

歲月呼嘯而過，抖落一身蕭瑟，他從記憶深處歸來。

從提攜至今，其實自從回國之後就再也沒有見面得這麼頻繁過，總歸是汪洋彼岸，十六歲之前甚至是兩三年才見一次，好似習慣了半年又或一年才見一次面，早已不是件什麼大不了的事。念書的時候更是，花在讀書上的心思絕對比花在彼此的身上要來得多，就某種程度上來說，他們大概是同一類人。

不勉強彼此走上同一條軌道，各有各的追求、各有各的方向，卻也各有各的生活和壓力，同時也是相互的羈絆。在為生活拚命的時候、在夜裡失意的時候，只要想起對方，就會忍不住歡喜。

「我或許不能陪妳去看星星、去看雪，但我能陪妳。」

先是我和你，才是我們。

她趴在他的肩頭，一手攀在他的肩上、一手撐著傘，恍惚之間想起了好友曾經問過自己的話：「妳怎麼都不會擔心他跟別的女生跑了？妳再理性下去會很容易失去他的啊啊啊啊！在他社交圈裡遇到的人那麼多、那麼優秀，而且你們分開的時

間比在一起的還要多，你們又都還年輕，哪天會不會說遇到什麼更好的人啊。」

後來她把好友說的話轉述給他，他沒有任何訝異，神情淡然得很。「我餵妳吃過飯、我們一起睡過同一張床、我們還一起洗澡過……妳最難看的樣子我都看過了。」

他突然牽過她的手，十指緊扣，低聲笑道：「我都不擔心，妳在擔心什麼？」

——已經等了那麼久。

當時她回了好友什麼？她說：「不用更好的人，對我來說，他就是最好的人。」

那些淋過雨的歲月，終會翻山越嶺而來，成為光景之外的溫暖。

耐得住每一次想去見他的衝動，不過是因為她知道，餘生漫漫，他們來日方長。

用她的餘生為他加冕，陪他從朝露未晞走到星空滿載——那些時光虧欠的，她願意用餘生悉數補上。

*

在牧場住的是雙層小木屋，樓中樓的格局。

她光著腳一路從樓上跑下樓，看見他安然地坐在沙發上看書，她一屁股坐在地毯上，把頭靠在他的腿上，無聊地翻了翻他放在桌上的幾本書──他來到這裡的空閒時候都是用書來打發。

　　他沒有把目光分給她，依舊專注在他的書上，卻突然開口：「怎麼又沒有穿拖鞋了？」

　　她自知理虧，只是摸摸鼻子嘿嘿笑了兩聲，而後馬上轉移話題：「你在看什麼書啊？」

　　「妳看不懂。」

　　「你又知道我看不懂了？」

　　「這本是《悲慘世界》法文版。」

　　看她一臉懵然，他只是低笑一聲，妥協了。「我唸給妳聽吧？」

　　後來她只記得，自己聽他唸著、唸著就睡著了，醒來時變成她睡在沙發上，而他坐到地毯上去了。

　　「醒了？」他的手肘就擱在沙發上，手撐著頭看她，彎了彎眉眼。

　　她應了一聲，「我睡了很久嗎？」

　　「也沒有，就是妳睡了多久，我就看了妳多久。」

坐在沙發上，她雙手抱著膝，用餘光看他專注的側臉，再看了看他手中的書，像是忽然想起了什麼事，出聲喊了他的名字。

　　他抬眼看她，手指頓在要翻頁的動作上。「怎麼了？」

　　「你學了那麼多種語言，為什麼不學中文？」她指了指他手上的法文書。

　　聞言，他只是挑了挑眉，理所當然地說：「因為我有妳了。」

　　緩下忍不住上揚的嘴角，玩笑地輕推了他一把，「少來，你明明會唸我的名字。」

　　「嗯……除了妳的名字之外，我還知道中文的幾句話。」

　　「比如？說一句看看？」

　　「我愛妳。」

*

　　去年除了回紐約，還跑了一趟加拿大，見親戚之餘，主要目的其實是去看尼加拉瀑布。晚上，趁著瀑布的煙火燈光秀開始之前，他帶著她上了史凱隆塔的觀景臺，已經很多人了，繞了一圈，還是尋不著能夠擠進去的位置。

　　在最外圍等了一會兒，他環視了周圍的人群，似乎是看到有空位，就拉著她往一個方向走去，讓她站在窗前，能夠在開始後清楚地看見燈光照在瀑布上的絢爛效果。

「再幾分鐘煙火秀就開始了。」他就站在她身後，靠在她耳邊說話，入肺的全是他的氣息。

她拿起手機想要給瀑布拍照，卻有一雙手從後面將她攬入懷，她回過頭就要說話，但沒想到他正好低頭，額頭剛好擦過他的嘴唇，他頓時愣住，眼神清亮得讓她有些莫名的窘迫。

「我……」

人群裡突然發出歡呼，甚至還有人在拍手，是煙火秀開始了。

聞聲，他很快地反應過來，眉眼染上笑意，他把她的頭轉回去，「煙火秀開始了。」

煙火還在放，她卻突然感覺到身後的人似乎在笑，他的下巴就擱在自己的頭頂，不輕不重。

她仰著頭看他。「你在笑什麼？」

「因為心情好。」他低頭看她，眼裡像是藏了整條銀河，顧盼生輝。

他朝著她眨了眨眼，她霎時啞然失笑。

真好。這樣的日子、這樣的他們。

日久年深，哪怕未能擁有熱烈陽光，儘管光陰覆滿塵埃，他已然是世界予她最好的餽贈。

她知道，幸福大抵是沒有形狀的。

不過是雨後放晴，不過是一覺到天明，不過是花盛放在霧裡。

不過是她回頭看他，他就在那裡。

他從記憶深處歸來

和愛的人們一起相擁吧。從四季的初始到末尾，無論晴雨、無論冷暖。

Sam Tsui & Kina Grannis
〈Bring Me The Night〉

我很好，

你一定也是。

只要你眼裡永遠晴朗，

我就不會流離他方。

去年有一件讓她特別後悔的事。

是在十二月初的時候，他和她說，他的聖誕假期撥出空後可以來找她，而她說了不用。當時自以為是地想著，他們都這麼忙，而且要是他來了，她肯定會分心。

聽見她的回答，他也沒有表現出任何異樣，只是笑笑說好。

之後幾天她的心理活動都是：我說了不用。我說了不用。我說了不用。我竟然說了不用。

後悔了很久，她還是沒有和當事人說。

直到他打來視訊，很直截了當地和她說他在機場。說不上來當時那氾濫出來的是什麼情緒，她想，果然吧，他有他自己的計畫，還有很多自己的事情要忙。

　　他的背景是候機室，後頭有些旅客在走動，他戴著耳罩式耳機、合身的深色毛衣，腿上放著一本書，他的大衣就放在自己的手邊，只是短暫的等待，卻摺得一絲不苟。

　　她一直都知道，他的品味和他的人一樣，是沉澱在歲月裡的優雅從容。

　　「等我一下，就可以見到我了。」他笑得溫潤，一如當年，那個春風裡的少年。

　　「啊？」

　　看見她明顯的訝異，他的聲音和著淺淺笑意流淌出來：「我後悔了，我很想見妳。」

　　「我很想妳。」

　　──等了那麼久，時光總算把你還給我。

　　她忽然想起在《寫在身體上》（*Written on the body*）上看過那句話：「我只是想從你這裡得到一個王冠，你卻給了我一個王國。」

　　你卻給了我一個王國。

　　人生是各自的，從來就是。

距離和時差是桎梏，在現實和理想之間拉拔，注定了與所想的背道而馳。

他是她所想，卻非她能想。

理智、冷靜、隱忍、自持、嚴謹。

其實多多少少還是有被他影響到，對於漫無目的、沒有任何追求或理想的日子，她早已無法忍受，在自己有了方向之後便更加貫徹執行到底，驕傲和自尊鞭策她不得怠惰和自棄。大抵也是這樣的驕傲，她從來不問是不是因為沒有其他人，所以站在他面前的才能是她；也不問那憑什麼呢，憑什麼自己能被他的目光擁戴，她只知道要讓自己更好、再更好。

一直都是他，讓她相信自己，他告訴她，她可以不只這樣。

她正在努力，要走到他身邊。

「妳可以不熱愛這個世界，但妳要熱愛妳所熱愛的一切。」

「包括妳所擁有的和妳能夠得到的，因為只有妳自己知道，這有多難得。」

當她一心想往高處爬、不願蒙於塵埃，他卻告訴她：「親愛的，爬得再高是一回事，而站不站得穩，卻又是一回事。」

跌宕一生，避過萬家燈火的寂寞，越過誰降落在誰身上的目光，但逃不掉的是現實。

誰都能陪你走一段路程，但他們從來都不負責承擔你的苦。

他教會她的是生活。

比起圉於彼此身邊待日落、等星沉，我更想和你去看一看這萬里山河、如畫江山。

如果你不怕曬，我們可以走一趟撒哈拉沙漠；如果你偏愛五光十色，我們就去遠方看極光；如果你享受靜謐午後，我們就在鄉村裡細數天光。

那些你想做的，我都想陪你一起。

＊

去年他陪她過完生日，過沒多久就回去了。

一切都循著既定軌跡，他踏著浩瀚銀河而來，再攜一身風塵而去。漫天沒有雪花，也沒有星光，在雨中跳舞的人們都散場了，燈火終滅。

生活是一個巨大的陷阱，時間是陰謀家，盜走城市的影子，熄滅下一個天亮的燭火，沒有烏托邦，記憶綿延輾轉，只留下他深深的輪廓。

他走了。還是走了。

她在一旁看著他有條不紊地整理行李，他的東西很少，一如既往。好像無論待在一個地方多久，一個簡單的行李就已經足夠。

　　「你的東西就這樣嗎？」

　　「最想要的帶不走，那我帶那麼多東西有什麼用？」

　　最想要的。帶不走。

　　她一恍神，撞進他眼底莫名難言的情緒。

　　後來她還是跟著來了機場，卻沒敢再用眼光試圖留住他漸行漸遠的背影，或許還是太年輕，年輕得禁不起歲月的顛簸。

　　她喜歡接機，但她不喜歡送機──尤其那個人是他。

　　她卻始終沒敢和當事人坦白，理智回籠，那些義無反顧全都不掙扎了。

　　他拖著行李的手放開，轉身面對她，嘴角拉開好看的弧度，兩手朝她張開，眼裡盛滿她熟悉的溫情。「不給我抱一抱嗎？」

　　她驀地想起一個朋友曾經說的一句話：「我愛的人就在夢裡，可是我卻帶不走他。」

　　他就在那裡，可是我帶不走他。

*

去年九月。她在網路上的新聞看見曼哈頓發生爆炸的事件，不大不小的爆炸。

當天早上看到新聞的時候心跳簡直漏了拍，忘記是怎麼拿起手機，又是怎麼結束通話。

大概很冷靜吧。故作冷靜地撥出通話，深吸了好幾口氣，想著等等另一頭的他接起時，該說些什麼話才好。

響了好幾聲，突然覺得等待是一個太漫長的過程，時間的跨度被無限放大延伸，呼吸聲被越來越急躁的心情熬得深重。

他接起來了、接起來了。終於吐出一口氣。

他的聲音彷彿穿越了光年和耳膜，和往常一樣溫潤，卻洗去了心上堵塞的陰鬱。

她忽然說不出話來，他又喊了好幾聲，她才從喉間擠出兩個字：「我在。」

那一頭的他似乎笑了，像是剛剛心裡下過的那場雨只是錯覺，終於撥雲見日。

人太容易和意外不期而遇。而她在這裡，什麼都做不了。

還是會憂心、會焦慮，那些理智、冷靜，全都不翼而飛。

在他溢出笑聲之後又延續了一陣沉默，她忽然發現其實沉默也可以讓人如此心安，他的呼吸聲比時光更繾綣、比歲月更柔軟。

　　他突然開口：「我沒事。」

　　聽不見她的應答，他低聲開口喊了她的名字，頓了一秒，又重複了一次：「妳放心，我沒事。」

　　妳放心，我沒事。他知道她要說的是什麼。

　　「當時曼哈頓爆炸的時候，我不在那裡，我已經回家了。」他緩慢而又似哄誘地喊了好幾聲她的名字，因疲憊而顯得低啞的聲音說：「我沒事、我很好，相信妳也是。」

　　聲聲入耳，她的眼淚猝不及防地掉了下來。

　　我很好，你一定也是。

　　只要你眼裡永遠晴朗，我就不會流離他方。

　　她記起，某一年在紐約，一次出門，夏天的陽光刺眼，她才發現自己忘記戴墨鏡出門。

　　發現她的懊惱，他問道：「怎麼了？」

　　她老實地承認因為出門太匆忙而忘了戴墨鏡。

　　聞言，他只是笑了笑，把自己的墨鏡摘下來替她戴上，她的臉上掛著他的墨鏡，她從包裡翻出鏡子照了照，忍俊不

禁：「還挺好看的啊。」

「待會到那裡有看到的話再給妳買一個。」
她看著他伸手，又是為自己調整了墨鏡、又整了整衣領，忍不住開口：「說真的，從小到大，我看過你對待不同人的不同樣貌，但以前、我真的沒有辦法想像你對待愛人的樣子。」
「那妳現在看到了。」
那些別人都看不見的，他願意在她面前揭露。

幸好是他，有些人會在時光裡越嚼越無味，但他不會。
繫一生紅塵，只為與他看一場人間煙火。
他許她傾世溫柔，她還他年年今朝。

你與歲月共枕

當時選擇這首歌，正是因為覺得太適合遠距離的這篇了。
正如西蒙‧波娃在《越洋情書》寫的一段話：「唯有你也想見我的時候，我們見面才有意義。」

郁可唯
〈路過人間〉

這個世界走得太快，而自己走得太慢，

慢得以為只要足夠柔軟，就可以不被時間傷害。

生活從來都不缺順遂，卻從來都不給予完整。

　　「宜人，我前天交給妳的資料，今天下班之前可以處理完嗎？」

　　被點名的耿宜人看了看手邊所有今日待辦的工作事項，思考了三秒後很肯定地和自家主管點頭，「可以。」她已經暗自打定主意先處理主管急著要的部分，而在心裡卻忍不住嘆了口氣，看來又不能準時下班了。

　　中午休息時，一陣手機鈴聲在安靜之中突兀地響起，她看也沒看來電顯示就趕緊接起，對方在她還沒有說好之前便搶先開口了：「宜人啊，妳今天下班後有什麼安排嗎？」

耿宜人聽出是母親的聲音，告訴母親自己得要加班。

「噢，這樣啊，那明天好了。」

「怎麼突然問這個？」

「給妳介紹個對象。」似乎意識到自己女兒即將出口拒絕的話，趁著耿宜人還沒有反應過來，耿母只匆匆說了一句：「那不打擾妳了，晚上回家小心。」就掛斷了電話。

聽著另一頭斷線的嘟嘟聲，耿宜人有些愕然，甩掉手上的筆，忍不住揉了揉眉心，長吁短嘆。

她知道自己已經要三十歲了，她也知道母親的用心良苦，但她只要一想起父母親婚姻的失敗，她就會下意識地排斥結婚的念頭。

她真的不想結婚。

她只是個普通的白領，但薪水已經足夠養活自己和母親，只要不過度揮霍，甚至還能存些小錢。她和母親兩個人可以一起生活。

她從來都不覺得結婚是必要。

耿母掛斷電話後，正好走到了病房門口，抬頭再次確認了病房號碼才推門進入，闔上門的同時有一個穿著白袍的身影正好從門前經過，門終於關上，完全隔絕了兩方天地。

徐明瀾一手接起電話，一手按了按鼻梁兩側，眼下有一層很淺的青色，不算明顯，但很顯然他已經很久沒有好好休息了。「媽，我今天還有幾臺手術要做，今晚應該不會回家了，我直接睡醫院附近的租屋處。」除了固定的幾個地方，他大抵還是認床，並沒有住在醫院提供的宿舍。

「知道了，我會的。」徐明瀾又應了幾聲便掛斷了電話。

重新將手機放回醫師袍的口袋，他才認真思考起母親和自己提起的事情——結婚。

三十出頭的年紀，徐明瀾在半年前正式當上主治醫師，他已經沒有太多的時間去陪伴自己的家人，更何況是談戀愛，他是獨子，甚至選擇這條路不過是因為家人的期待。

他很忙，忙得不可開交，忙得沒有時間去思考這麼繁雜的事情。

對他來說，其實結婚不是必要，只是時間到了。

他腳步一頓，轉了個方向，邁步走回自己的辦公室。

*

「你還記不記得自己曾經的夢想？」
「如果時光能倒流，你有沒有後悔過些什麼？」

夜已深，耿宜人從夢裡驚醒，額頭一片冷汗。

她其實記不得自己夢見了什麼。但她忽然很想哭。

她想起十多歲的時候，父親和母親離婚了。她並不意外，畢竟她也旁觀過他們兩人天天吵架的戲碼，從房內吵到房外，他們的爭執再也不避諱自己的女兒，一開始她只會哭，還曾經哭著衝上前試圖隔開兩人，她的父親卻總是一把將她拉開，說一句：「大人的事小孩不要管。」

日復一日，她越來越麻木，儘管自家的父母如何吵翻了天，她都不再去理會，只是默默地回到自己的房間，翻出過往那些在學校的畫作「我的家庭」、「我的母親」、「我的父親」……邊看邊掉眼淚，糊了紙張也沒有發覺。

後來一張離婚協議書攤在桌上，她跟著母親走了。

耿宜人適應得很習慣。

儘管父母離婚了，儘管這樣的家庭對她來說並不算美滿，但她的父母從來都沒有不要她，父親固定每個月都會匯錢過來，依舊繼續栽培她上學和她愛的芭蕾。

她還是幸福的吧？她想她還是幸福的──哪怕從來都不完整。

與此同時，才剛結束一臺手術的徐明瀾，對一路上和自

己打招呼的同仁們依舊笑得溫潤，似乎完全沒有一丁點的疲憊，但只要湊近點看，就會發現他眼裡的血絲。

回到租屋處，徐明瀾將自己摔進沙發裡，不復剛剛在醫院時的風清月朗，他扯開襯衫最上面的兩顆釦子，呼出一口氣，仰頭盯著天花板，眼睛瞪得有些發痠。

這樣的情況早已經不是第一次。

所有人似乎只看得見當醫生的光鮮亮麗。他去年有一個父母介紹的對象，她說她的理想之一就是要嫁給醫生，他笑了卻沒有說話。後來兩人只見過一次面就再也沒有聯絡了，父母問起兩人狀況，徐明瀾只以「合不來」輕輕帶過。

他想起他的前女友。大學時候在一起將近六年，之後他更加忙碌，一心都撲在課業和實習上面，擠不出多餘的時間陪伴女友，後來，他們就沒有「後來」了。

往事都如煙，記憶已斑駁。

哪怕夜再深，城市裡總有燈火通明的一隅，像是留給那些輾轉難眠的人們一個喘得過氣的出口，如黑色的海拍打在岸上，直到燃盡燭火，再重新帶著心事入睡。

這個世界走得太快，而自己走得太慢，慢得以為只要足夠柔軟，就可以不被時間傷害。

生活從來都不缺順遂，卻從來都不給予完整。

＊

　　一早正要出門的耿宜人，被母親喊住，她有些疑惑地問：
「媽，怎麼了？」

　　耿母從廚房裡探頭出來說：「沒事、沒事，我就是提醒
妳記得下班要去醫院看一下妳姪女啊，我等下就要先去一趟醫
院了，晚上不等妳了。」

　　她這才想起自家姪女住院的事。「好。」說是姪女，不
過算起來是表姪女。

　　這天，她沒有加班，想起母親的交代，匆匆收拾便急忙
趕去醫院。

　　無奈她最近實在忙碌，這還是姪女住院以來第一次來探
望，哪怕母親和她說過病房號碼，怕忘記還特地寫在便條紙
上，結果她一忙之下就把寫有病房號碼的便條紙留在了公司。

　　在醫院裡，高跟鞋敲在地面上的聲響顯得大聲，她一面
試圖放輕步伐，一面低著頭翻找包裡的手機，懊惱著自己的健
忘，抬頭的同時卻也撞上了一個人。

　　「抱歉，有沒有怎麼樣？」對方搶在耿宜人開口之前先
一步道歉。

「沒有，不好意思是我自己沒注意。」耿宜人也和和氣氣地道了歉。

徐明瀾上下掃了她幾眼，確定對方真的沒事，接著看了眼手錶，便衝著她點了點頭。「沒事就好，那我先走了。」

幾乎是耿宜人回神之際，徐明瀾就已經消失在走廊盡頭。

耿宜人並沒將這小插曲放在心上，打電話詢問母親病房號碼後，找到病房，推門而入，首先看見的是自己的表哥。因為是雙人房，她意識到還有別人，聲音自覺地放輕說：「表哥，我來了，糖糖還好嗎？」

「表姑！」

方才急匆匆離開的徐明瀾，正是因為收到通知，由於一起連環車禍的發生，所有傷患都直接送來了離事發現場最近的他們的醫院，導致人手不足，他正趕著去急診支援。急診裡人來人往，步伐匆匆，血和消毒水的氣味混雜，彌漫整個白色空間，捲進已經徹底暗下的天空裡，無聲吞噬。

相比急診室的凝重，病房裡又是另一番景象。

「表姑，以後我想成為一個芭蕾舞者。」糖糖說得認真，稚嫩的小臉上卻是前所未見的慎重，像是在對待一件極為珍貴的寶物。

耿宜人的表情有一瞬間的僵硬，卻在眨眼之間恢復，語氣溫和地問道：「怎麼突然這麼說？」

「因為我很喜歡芭蕾啊，我想一直跳芭蕾。」

耿宜人安靜地聽著她說話，聽著她小小年紀的大大夢想就忍不住微笑，糖糖四歲就開始學芭蕾，她是知道的，沒想到已經三年過去了。

想一直跳芭蕾啊，她也想。

「表姑，妳呢？有沒有夢想？」

「當然有啊，我想賺多一點錢，讓我的媽媽過好日子。」耿宜人笑答。

糖糖咯咯笑了：「表姑，不是這種夢想啦，是自己的，自己的夢想。」

「有啊，我有。」

她有，真的有。

哪怕現在的她是多麼安於平凡，朝九晚五的日子她也能夠過得很好，看似已經足夠完滿，但她清楚自己總是被生活追著跑，她必須獨力支撐起一個家，母親只剩下她了。

當時父母親離婚後，沒隔幾年父親就因病過世了——那是她在父母親離婚後第一次見到父親，也是最後一次。

因為父親的離開，家裡的情況變得較為困難，培養一個

芭蕾舞者是絕對需要不少花費的，母親卻已經沒有多餘的金錢能夠讓她繼續學芭蕾，畢竟她也只算是業餘和興趣。

她當時只是笑著說：「沒關係的，媽媽。」

真的沒關係，真的，她知道夢想和麵包的選擇。

她知道割捨只是一個過渡，就像去旅行一樣，在收拾行囊時也不能帶走所有的家當。

割捨的那部分，會陪自己去看更遠的風景。然後，再次回到家時，重新將行李裡的重量收進衣櫃，所有悲喜也會跟著塵埃落定，她很快就會釋懷的。

那些春光明媚的日子與年少時候的熱愛，在歲月的輾轉之下，終於油盡燈枯。

她現在已然不夠年輕。

表哥推門進來，手裡拎著剛剛下樓去買的熱食，嘴上還嚷著：「今晚大概不會安寧了呀，樓下的急診聽說送來一批連環車禍的傷患，今晚值班的醫生幾乎都去支援了。」

耿宜人腦海裡閃過稍早前在走廊上的片段，那個匆匆的白色身影。

所有事情像是連環鎖似的，得知最重要的線索後才一一被破解——啊，原來那個人是要去支援的。她這樣想著。

「宜人？」

猛然回神，聽見表哥的呼喊，耿宜人正了正表情回應：「怎麼了？」

「謝謝妳還特地過來探望糖糖，等等她媽媽就要來了，妳今天上班也累了，早點回去休息吧。」

耿宜人走出病房，表哥也跟著出來，她示意他先將門關上，表哥有些不明所以卻還是照做。「有話想說？」

「表哥，糖糖和我說她想當一名芭蕾舞者。」耿宜人將垂到頰邊的碎髮勾到耳後，聲音莫名低了下來：「有夢想是一件好事，不要讓她放棄。」

不要像她一樣。

＊

「醫生、醫生！我的妻子怎麼樣？她還好嗎？醫生，應該沒有什麼事吧？拜託告訴我她沒有事。」

徐明瀾剛從手術室走出來，連環車禍裡的傷患的家屬就跑到他面前，臉上滿是淚痕，情緒已崩潰，連說話都忍不住顫抖，說到後來的語氣幾近哀求。

「沒事了，不過還是要轉到加護病房繼續觀察。」徐明瀾斂下眼簾，堅定而溫和地拍了拍男人的肩膀，然後跨步離去。

他還能聽見那個男人在後面大喊謝謝你們之類的話。徐

明瀾閉了閉眼，沒有回頭。

　　他之前在急診待過，生老病死在他的工作環境裡早已經是常態，他曾經以為自己已經積習成常，而第一次的失敗將他的年少自負扼殺在搖籃裡。

　　那是他第一次救不回一條生命。

　　那是他第一次面對滿手血腥卻有想吐的衝動。

　　那是他第一次哭，成年以來。

　　當年，那個患者也是車禍進急診的。

　　他剛拿到駕照，新手上路卻碰上酒駕。很年輕，據說是當年高三的考生，才剛放榜。他確實優秀，為了減輕家裡的負擔半工半讀，不負眾望地上了明星大學，也是醫學系。那麼優秀的男孩子。

　　走出手術室，徐明瀾就看見那名酒駕肇事者跪在傷患父母的跟前，他只是淡淡瞥了一眼，便將目光轉向推開酒駕肇事者跑到自己面前的傷患父母，看著他們飽含希冀的眼神，他有些艱難地開口：「抱歉，我們盡力了。」

　　幾乎是話落的同一秒，那母親就已失去重心跌倒在地，沒有哭卻顯得失魂落魄。

　　那名父親的情緒也幾近崩潰，卻強撐著自己，蹲下身將妻子扶起來，很鄭重地向現場所有的醫護人員躬身道謝：「謝

謝你們，真的很謝謝。」

徐明瀾頓時啞了口，眼睛有些酸澀。

生死是這樣的。

當日子越過越遙遠，世界像蒙灰的玻璃失去焦距，他站在深淵裡，把記憶走馬看花，任時光颳過、悲傷流進血脈，他有一個不為人知的傷疤。

生活與世界無關，與時間有關。

天亮了。

*

「媽，我真的不想去。」耿宜人有些無奈。

「哎呀，妳眼光別那麼高，我幫妳找的都很不錯。」耿母在電話那頭繼續叨唸。

耿宜人算了算，距離上次母親想幫她安排相親而幸好她加班的那天，已經過了兩個多月，她以為好不容易逃過一劫，卻沒有想到消停一陣子之後又故態復萌。

她知道母親的擔憂，但她真的不覺得一定要結婚，她們兩個人一起生活不是很好嗎？

她看了看手邊的待辦事項，蹙了蹙眉頭，這次好像真的逃不掉了。

驅車前往約定好的餐廳的路上，耿宜人想，幸好是平日，頂多吃個晚餐而已，要是假日可能就會來個全天式的約會相親了，母親總把她當滯銷品似地想趕緊脫手。

　　在等紅燈時，耿宜人的餘光似乎看見窗外有一個熟悉的身影。來不及細想，一群結伴同行的人們正好走過擋住那個人影，凌亂了她的思緒。

　　耿宜人趁著紅燈的最後幾秒又回頭看了一眼，那裡什麼人都沒有。

　　今天正好休假的徐明瀾也沒閒著，被家人叫去相親，他對相親並沒有多大的排斥，不過是抱著逆來順受的心態。

　　車子被他送去車廠定期保養，他在心裡打著算盤，離家不遠的餐廳可以直接步行過去，正好車廠就在附近，回來時正好可以過去取車。到了約定的餐廳，徐明瀾坐定位，看了一眼手錶，距離約定的時間還有十多分鐘，他早到了。他也並不著急，只是拿出手機翻看積累了整天的訊息。

　　直到一個身影停在桌邊，他抬頭看見後便站起身，揚起標準的職業笑容，溫聲開口道：「妳好，我是徐明瀾。」

　　「冒昧問一下耿小姐……」對面的人彬彬有禮地開口。

　　耿宜人一一回覆。儘管對方很有風度，她依舊莫名感到

　‑‑‑ 聽說時光記得你

有些困窘，她大概是真的不適合這種場合，尤其還要跟一個見面不到一個鐘頭的人面對面吃飯。

　　幸好服務生來上菜，及時化解了她的尷尬，對面的人也剛好地掐斷話題。

　　耿宜人注意到對方的手，剎那間腦海裡蹦出一個念頭，她下意識地脫口問道：「請問薛先生是醫生嗎？」

　　徐明瀾走出餐廳，確認了車廠的方向便邁步離去，今天的對象因為自己有車先行離開了，而他也知道今晚結束後，他們就不會再有聯絡了。

　　他逐漸慢下腳步，街上的行人匆匆，反而顯得他有些格格不入。

　　耿宜人等著紅綠燈，要過馬路到對街的停車場，想到今天的薛先生在愣怔一瞬後，帶著歉意向她說「我不是醫生」時，她忍不住笑了出來。她抬頭看行人倒數的秒數，剩十八秒……她瞇了瞇眼，好像看見今天在路上望見的那個熟悉身影。

　　他也要過馬路……剩十三秒。
　　他好像是……剩七秒。
　　她記起他來了……剩三秒。
　　是那個在走廊上和自己相撞的醫生……剩一秒。

似乎是有所察覺，徐明瀾抬眼望過來，和耿宜人的目光撞在一起，空氣彷彿在瞬間凝結。

　　恍若一眼，已經足夠深刻。

生活與時間有關

記得曾經看過一段話，是說每個人都有各自的時區，所以不要急。命運有各自的安排呀。

流年和光同塵

薛楚永

Avril Lavigne
〈Head Above Water〉

01

　週四放學的時候，等到紀則然離開，蔣慕楠、葉思卓以及薛楚亦等三人才湊在一起，討論後天的生日會——三人約定好了下午先去蔣慕楠家裡準備生日會的一些布置和飲食等等的。

　這時，葉思卓靈光一閃，問道：「我們要不給他買個蛋糕？蛋糕才是重頭戲啊。」

　「好啊，要不我們現在直接去ONLY訂蛋糕？」蔣慕楠附和。

　ONLY是學校附近的一間甜品店，除了好吃之外，價格也非常平易近人，是學生黨課後的好去處。平時他們四人也喜歡光顧ONLY。

　「為了買給老紀的禮物，我已經花光這個月的零用錢了。」薛楚亦無奈地笑。儘管知道好友根本不會介意這種小事，但是他仍然感到有些羞愧。

　聞言，蔣慕楠聳了聳肩表示無所謂。「沒關係呀，蛋糕的錢我跟卓哥平分就好了。」

　葉思卓看出了薛楚亦眼底的過意不去，伸手拍了拍他的肩，提出一個折衷的方案：「兄弟，要不這樣吧，到時候的晚

餐就交給你準備？」

葉思卓知道薛楚亦在廚藝上的天賦，而這在生日會上可謂是一個優點。

薛楚亦這才爽快地答應了，「到時候給你們露一把手。」

和兩人道別後，薛楚亦騎著自行車離開校園，穿過車水馬龍、穿過街角巷弄，寒風吹凍了他毫無遮掩的臉龐，冷得他直打哆嗦，他這才懊惱地想起，早上母親還提醒他要戴圍巾，卻在自己匆匆忙忙之下給忘得一乾二淨。

由於冷風刺骨，薛楚亦騎得很慢，沒多久他拐進一條狹窄的巷子，停在一間兩層樓高的、已經顯得有些老舊的透天厝前，而門口是一間小麵攤，被零散的顧客們簇擁在中心。

「媽，我回來啦！」薛楚亦停下自行車，笑著喊了聲在麵攤前忙碌的婦人。

薛母抬頭看了眼兒子，笑道：「今天這麼早呀。」

薛楚亦將書包隨手放在攤裡的椅子上，挽起袖子一同幫忙。「是啊，今天沒什麼事，不過後天下午我要去千千家，我們說好要給老紀舉辦生日會。」

「那需要我幫忙準備什麼嗎？要不要我煮點東西給你帶過去？」

「好啊，他們上次來這裡吃妳煮的餛飩麵，一直說下次

要再來吃呢……」

隨著母親收攤以後，薛楚亦決定前往紀則然打工的那間咖啡店去探班好友。

他時常來這裡找紀則然，一名店員已經和他很熟了，一看見他進來就主動打了招呼。「嗨，今天怎麼會有空來呀？」

薛楚亦朝著他笑了笑。「我來探班老紀。」

店員「咦」了一聲：「可是今天沒有他的班啊。」

薛楚亦愣怔了一瞬，環顧了一周，又問道：「那和老紀很好的那個女生，叫什麼徐淨的，今天有班嗎？」

店員搖頭。「他們兩個今天都沒有班。」

薛楚亦分明記得，紀則然的生日會沒有辦在週五就是因為他說他要打工，難不成他臨時有其他的要事，所以才沒來咖啡店？

可是擺在面前的事實讓他忍不住多想。

之前他來探班紀則然的時候，看見他和其中一個同事聊得極為熱絡，他因此特別記住了那個女孩子的名字——畢竟就連好友蔣慕楠和葉思卓，都不曾見過他這副面貌。

他只能猜想，紀則然或許是有喜歡的人了。

02

「媽，還要再一份餛飩麵！」

臨近中午，薛楚亦家的麵攤前已經大排長龍，薛楚亦及薛母從一早準備到現在都沒有時間坐下來好好休息一會兒，往外看去，排隊的隊伍像是從來沒有減少過一樣。

薛家的麵店的生意一向是非常興盛的，已經開了十多年了，遠近馳名，儘管它身處在小巷裡，仍然會有許多無論是老熟客或是慕名而來的新顧客來排上一隊，只為了吃上一次薛家口味的招牌湯麵。

兩人一路忙碌到晚上，才終於收攤。

薛楚亦一進家門，就往沙發上倒去。「累死了。」

薛母看見兒子癱在沙發上的模樣，忍不住發笑。「今天人真的比較多，晚餐有吃飽嗎？要不要我再去廚房給你煮點吃的？」

「不用啦，我現在還撐著呢。」薛楚亦拍了拍自己的腹部。

薛母點頭，本欲轉身上樓，卻又像是忽然想起什麼似地停住了腳步，花了幾秒組織語言：「兒子啊……你爸的忌日快要到了，記得把那天空下來。」

薛楚亦閉了閉眼，呼出一口氣。「知道了。」

已經過了好多年，他與他的母親都仍然沒有辦法釋懷父親的離去。

　　他的父親在他八歲的時候被酒駕撞死了。

　　八歲時的記憶，對於現在的他來說已經有些久遠了。他只記得母親抱著自己，等在醫院搶救室外的蒼白與絕望；他只記得母親在白色的空間裡，無數次痛罵那個害死爸爸的罪魁禍首。年幼的孩子只是不明白，為什麼當天還同自己嘻笑玩耍的爸爸，從此再也睜不開眼。

　　他們家因此獲得了一筆數額不小的賠償金。

　　可是那個肇事者呢？他被如何審判又或是如何悔過，都沒有辦法減少受害者家屬的悲慟與哀思。

　　這個世界真讓人感到諷刺啊。

　　薛母不只一次向自己唯一的兒子哭訴過，為什麼好好一個人、為什麼她的丈夫明明沒有做什麼傷天害理的事情，老天就這樣把他帶走了呢？為什麼死的是自己的愛人，而不是那個該死的酒駕肇事者？

　　無解的事情太多了，甚至沒有挽回的餘地。

　　在薛父離開以後，仍然有許多後續事宜需要處理，儘管

有雙方家人的幫忙，薛母依舊心力交瘁，尤其還帶著當時都不滿十歲的薛楚亦。

原本薛母不打算把麵攤繼續經營下去，不過考慮到將來的生計與私人情懷，還是把和丈夫一起打拚的心血留了下來。好在背後有其他家人的支持，一切都相當順利。

隨著年紀增長，薛楚亦愈加懂得母親一路走來有多辛苦，因此也比其他同齡的孩子還要懂事，這使薛母身上的重擔減輕了不少。

薛楚亦不只一次想過，若是自己的父親還在，一家人團團圓圓、健康幸福，不知道會是怎樣的好光景。

03

薛楚亦已經三天沒有來上課了。

「他的電話還是打不通。」葉思卓看了眼手機螢幕上的通訊紀錄這麼說道。

蔣慕楠同時也確認了社群媒體上，薛楚亦並沒有近期上線的紀錄。

「看來我們只能乾等了。」紀則然深深嘆了口氣。

他們三人這幾天已經個別打了無數通的電話，卻總是顯示關機，他們還直接拜訪過他家，也依然毫無著落和回應，連他的母親也沒見著。

他們幾乎可以確定，薛楚亦家裡一定是出了什麼事，卻完全毫無頭緒，無能為力得讓人感到挫敗。

他們只能等，他們只能相信，薛楚亦一定會回來的。

直到第六天，薛楚亦終於回到學校。

「早啊！」薛楚亦笑得和往常一樣爽朗，和同桌的紀則然首先打了個招呼。

「早安。」紀則然回以一個微笑，想起了好友這幾日的失聯，問道：「這幾天是發生了什麼事嗎？我們都聯繫不到你。」

聞言，薛楚亦一把拍上自己的額頭，有些懊惱。「哎、我忘記和你們說，我手機摔壞了，再加上我媽臨時住院了，我忙著照顧她，所以還沒有時間拿去修呢。」

儘管薛楚亦向夥伴說得簡單，但在事情發生的當下，薛楚亦仍舊被嚇得不輕。畢竟他著實沒有意料到身體一向健朗的母親，會在父親忌日後的當天突然倒下。

意外總是來得猝不及防，最近忙著在家與醫院之間往返，加上自己的手機臨時出了問題，他只得先用母親的手機聯

絡導師請假，但也沒有更多的心力和時間去通知好友們。

　　他家的親戚們都心善友好，絲毫不吝惜伸出援手，但更深且更巨大的孤獨感卻在他看著母親蒼白無力地躺在病床上時，猛烈地淹沒了他。

　　父母與其他人總歸是不一樣的。

　　把這一切事故都串聯起來，紀則然總算是恍然大悟，又接著問道：「阿姨還好嗎？怎麼會忽然住院了？」

　　「前兩天醫院才安排了檢查，還要等一段時間才會知道結果。」薛楚亦如實說道。

　　「如果有什麼煩惱，都可以和我們說；又或是如果有什麼需要幫忙的，也儘管向我們開口。不要自己逞強，好嗎？」

　　「知道啦，放心吧。」薛楚亦笑。

　　會沒事的，他只能這麼相信。

- - - - - - - -
∵∴
- - - - - - - -

　　「老薛？這麼巧。」

　　薛楚亦聞聲抬頭，看見來人的同時也笑了。「喲，看看

是誰來了。」

　　葉思卓在他身邊落座，瞥了眼薛楚亦手指間夾著的菸。「你什麼時候學會抽菸了？」

　　「就這幾天。」薛楚亦扯了扯唇，把菸丟在腳下踩熄，再彎身撿起，將之丟進一旁的垃圾桶裡，做完這一系列的動作後，他才接著說：「我媽得了胃癌。」

　　這句話讓葉思卓消化了好一陣，才從震驚裡回復過來。「什麼時候的事情？已經確診了嗎？」

　　薛楚亦點頭。「嗯，就這幾天的事情而已。」

　　葉思卓忽然說不出話來。

　　薛楚亦看見葉思卓的表情，笑了。「真難得看到我們卓哥擺出這副表情。」

　　女生抿直了唇。「別開玩笑了，我知道你肯定不好受。」

　　薛楚亦沉默了好一會兒。「我爸在我八歲的時候被酒駕撞死了。」

　　他向自己的好友娓娓道來從未主動分享過的親身經歷，而他的臉上卻毫無波瀾，彷彿只是在述說一件與自己無關的事情。

　　葉思卓在聽完薛楚亦的故事以後，沉默了許久，似乎是

在苦惱究竟該如何安慰好友。她收回原本凝視在他面上的視線，將曲起的雙腿伸直。

她想，看見他人毫不猶豫向自己揭開傷疤的時候，最好的安慰方式或許正是分享自己所擁有的苦痛。於是她說道：「在我十三歲的時候，也就是我姐十八歲的時候，她自殺了。」

薛楚亦是第一次聽見葉思卓談論起她的家人，卻沒想第一次就聽見如此令他驚愕不已的消息，他沒有貿然開口，只是等著葉思卓繼續把話說下去。

葉思卓側過頭對他笑了笑。「你知道的吧，我爸媽非常注重我們的成績，我時常都覺得，他們在意我們的成績多過於我們本身，有次我姐發燒了，他們也不關心，只讓她吃藥然後就叫她趕緊起來念書。從我記事起，我就不覺得我待的是一個正常的家。後來，我姐在考升學考的前一天晚上自殺了，救回來就成了植物人，現在還待在安養院裡。」

薛楚亦攬住她的肩。「她會沒事的。」

薛楚亦無法理解葉思卓的父母究竟對她們姐妹倆造成多大的傷害和無法彌補的現狀，正如同葉思卓也不會理解，他那被破壞的殘缺家庭和他如今正面臨的窘境。

他們同樣都是不圓滿的人——而彼此依舊願意接納對方。

葉思卓拍了拍他放在自己肩上的手，接著問道：「那接下來你有什麼打算？」

　　「我家人讓我好好讀書、讓我不要擔心太多，他們會處理一切。但怎麼可能呢？生病的人是我的媽媽啊，我希望自己能幫上一點忙，但卻感到好無能為力。」薛楚亦不敢想，如果自己的母親在接下來的治療不如預期，那他又該怎麼辦。

　　「現在很多事情不是我能決定的，只能走一步算一步吧。」薛楚亦嘆道。

　　「不要逞強啊，你還有我們呢。」葉思卓說了和紀則然相似的話語。

　　聞言，薛楚亦笑了。「知道啦。」

　　幸運的是他遇見的人一直都很好。

　　他還是願意相信，世界對待他仍存仁慈之意。

輯 三

夕 dusk

Niall Horan
〈This Town〉

是你。

被拉拔、被渴望，繞了一大圈重整歸零，

原來你一直在，還是那樣一個你，

歲月靜好、年華漸老，

你仍舊站在回憶深處最顯眼的地方。

「妳就和老師的小助手一起練習吧，他會教妳的。」

這句話，大概是她惡夢的開端。

那年暑假，她和他進了同一個補習班，那是他們的第一次交集。補習班有一間教室，擺了四張桌球桌，大家都會在下課的時候去那裡打桌球，甚至還有桌球課。

她站在球桌前，對面站著沒有表情的他，他的眼神很兇——至少她是這麼認為的。

在她成功發球過網後，沒有意外地被他一記殺球出局了，
她頓時整個人目瞪口呆。

「再來。」他冷聲道。

她快嚇哭了。

她很怕他。

她始終認為他是討厭她的。至少在五年級之前，這樣的
認知沒有改變過——只要想起每次一起打球時，他那吃人的
模樣。

後來五、六年級分班，她和他成了同班同學。

但事情就連她也沒有想到，他們後來竟然成了朋友，有
什麼不太一樣的心思從此發酵。像是兩條平行線突然有了交
集、天秤有了傾斜的角度，他們開始和彼此說話，開始會一起
討論作業，開始有了共同的話題，可以從南聊到北。

甚至在六年級的時候，他們成了同桌，整整一年。

同桌之後，她總覺得，收到的羨慕眼光越來越多了，甚
至是帶著嫉妒的也有，而那些眼光全都來自班上的女生。她
是老師的小幫手，幫忙收作業或是聯絡簿等的，她偶爾會裝
作不經意似地故意將自己的簿子和他的放在一起，她把這樣
的「巧合」控制得很好，也因此，從來都沒有人發覺她的這

點小心思。

中午午休時候，全班都趴在桌上睡，她會裝作不經意地閉著眼將頭枕到另一隻手臂上，那是張開眼就能看清他有多少睫毛的距離。

最稚嫩的怦然，最單純的心機，最美好的光景⋯⋯最心動的少年。

有一回下課時間，他伸了個懶腰，然後很自然地將自己的手臂放在她的椅背上，她本來只坐三分之一的椅子，背打得挺直，餘光見著此景，又裝作不經意地將背緩慢靠上椅背，那姿勢像極了他正攬著她的肩——如雷的心跳，她想此刻自己的臉一定很紅，卻要故作鎮定。

她不敢去看他，滿心滿眼卻全都是他。

「我放學要直接去補習班，要不要一起走？」他朝著她展開他的一口白牙。

「好啊！」她猛點頭，笑彎了眼。

光陰恍惚，他們見證了當年與彼此道別的青澀，那是最初翻湧上岸從此擱淺的年華，那是曾經狂妄張揚的無悔歲月，那是後來鐫刻在面容上，被棄置的、無法遺忘的、逝去的、深沉的，年少輕狂。

他滲入了她的生活。

她知道他很有體育細胞，她知道他原來很風趣、很好相處，她知道他在班上的人緣很好，她知道他被很多師生喜歡，她知道他的一些大小事，她知道他的家境不錯，她知道他自己可能也不知道的事，她知道他的太多事情。

她也知道，他是一個生活得太好的人。

後來，她沒有和他讀同一所國中，卻搬進了和他同一個社區。恰好地住在他家後面，更恰好的是，她的房間正對著他的房間，從她房間的窗外看出去就是他的房間。

他不知道她就住在他們家後，更不知道只要他打開窗戶，就能夠看見她。

有一回他正在更衣，她正好抬頭對上他看過來的目光，她一驚，整個人躲到窗下，緩過氣，拍了拍自己的胸脯，眼神卻還是不自覺地想往窗外瞟。「他應該沒有看見我吧？」這簡直比電影還刺激。

她感到竊喜，因為只有她這麼靠近他、這麼貼近他的生活——儘管她有時候甚至會覺得自己這樣像極了變態。

只有她知道他的房間哪天被他擺設成什麼樣子；知道他喜歡在洗澡時大聲放歌，心情好時還會跟著哼唱；知道他沒有睡在自己的房間裡，因為房裡的燈在他洗完澡後就沒有再

亮起過。

她知道他的所有事，還知道他不知道的事。

她心裡藏了個天大的秘密。

後來他沒有繼續補習了。

他們之間越來越少有交集，頂多是偶爾出去倒垃圾時會遇見然後相互打聲招呼，直到五年後她要搬走時，他都還是以為，她只是幫著她母親的公司倒垃圾。

她母親的公司也在同個社區裡，然後也恰好地讓他有了這樣錯誤的認知。

她至今還記得，在搬走後他們的再次遇見，他得知原來她一直住在他們家後面的事，那驚訝的表情。她笑了。

她想起他後來交了女朋友，他問她過得好嗎，她回答他說：「我每天都在笑啊，你猜我開不開心？」其實她也不知道。

他讀懂了她的表情，卻沒猜中她的心事——都和他有關。

在他面前，她終其一生都只能是啞巴了，但只要一想到那些心事都維繫在他身上，就已經足夠歡喜。

是喜歡嗎？是喜歡吧。

或許那時候還不懂什麼是喜歡，偏偏當時擁有的都是最

純粹、最乾淨的怦然——只是看見他就滿心喜悅，手足無措卻還要假裝鎮定，要擺出一副很酷的樣子，他才會注意到自己。

　　當時還在流行手寫信，挑著信紙，可以摺成各種喜歡的樣子，沒有任何輻射，只有淡淡筆墨的味道，可以把所有心事都寫上去，把自己的心情寄給他，讓他看看自己看見的風景、讓他知道自己走的路始終是向著他。

　　寫信的人想像收到的人會有的表情，等著收信的人小心翼翼地打開信紙。

　　當時的彼此是那樣地單純可愛。

　　自從她搬走後，他們的聯繫也越來越少，到現在也只剩偶爾的留言才能意識到彼此的存在。他們之間靠著幾近艱難的方式維持著日漸單薄的情誼。

　　一直到現在。她不再瞭解他的一舉一動，她再也不知道他的所有事情。

　　她卻仍舊無力改變現狀。

　　他過著新的生活。

　　他去了海島玩。

　　他感冒了。

　　他考上了離她很遠的大學。

　　他交了女朋友。

他是她的一腔心思，魂馳夢想，卻不得見他。

她把生活挫骨揚灰，才發現千百種姿態裡都是他的模樣。

她不敢承認自己喜歡他。

細數那些長途跋涉的日子，她花了九年讓自己喜歡他，也花了九年確認自己真的喜歡他。

她花了九年等他長大成人，從稚氣到沉穩，步步走出了一條屬於他自己的康莊大道，她是看著他這樣走來的。認真地只專注於他，讓她也忘了看一看自己的成長痕跡。

然而，她卻也花了九年，讓他走向了別人。

是最難以忘懷的那個人。

終於被這染滿塵埃的世界提煉成無法成全的圓，撫成了與其他人沒有差別的容顏。

只依稀記得，貫穿整個四季的那個人，被誰的追逐眼光浸潤成最無以自拔的悸動。

時光漸深，而他未曾老去。

是他。

被拉拔、被渴望，繞了一大圈重整歸零，原來他一直在，還是那樣一個他，歲月靜好、年華漸老，他仍舊站在回憶

深處最顯眼的地方。

　　所有的景色好像都還和昨天一樣，卻明白早就回不去了，就像自己再也找不回當時的表情，只能哀悼被時間祭奠的過去，然後想像著那個在自己的青春裡占去大部分空間的他，哪天會重新站在自己面前，笑著對自己說一聲好久不見。

　　——你知道嗎，我終於敢承認我喜歡你了。
　　——你知道嗎，我也終於錯過你了。

世界在你眼裡流亡

擁有的或是錯過的，在時間的推移之下，總會有一個交代。還是要這麼相信著啊。

徐若瑄
〈愛笑的眼睛〉

原來每一次的轉彎都是有意義的。
錯過他的眼光，錯過他的神采飛揚，
錯過他的黯淡絕望，也錯過他的刻意遺忘。

「他們在一起了。」

眼前人這麼說，她的語氣甚至可以用平靜來形容，和往常一般淡如水，或許是因為陽光太刺眼，而她笑得太自然，以至於到離別前，旁人都沒有讀懂她的雲淡風輕。

「『他們』是誰？」

「是我的前男友和最好的朋友。」她說。

兩個女孩是從小一起長大的好朋友。

她們看著彼此的一路成長，她們也有過爭執、有過冷戰，吵吵鬧鬧地走來，她們都已經不是過去稚嫩的小女孩了，

但感情卻始終如一。

　　她相信著另一個她，當然相信、非常相信——她們是多麼要好的朋友。

　　有一回她陪著男朋友去理髮時，好友也在同一個髮廊當學徒，見面後才知道原來男友和自家好友早就認識了。難掩驚訝之餘，她仍笑著撐過整場會面。

　　她和男友在一起將近五年了，如同所有的女生，她也毫不避諱地將男友介紹給自己的朋友認識，尤其是她最好的朋友。然而，在當年的理髮事件之前，她分明記得自己還未將男友介紹給好友認識，或許只是恰巧？她斂下眼裡那一絲看不透的情緒。

　　她信任他，當然信任他、非常信任——他們好不容易從疾風暴雨走到了和風細雨，一路風雨同舟。

　　時間一久後也變得熟識，偶爾甚至成了三人行的組合。

　　或許是男友和好友星座一樣、喜好一樣，才有那麼多話題可以聊的吧。女孩總是這樣想，儘管心裡莫名的妒火瘋狂滋養。但她知道啊，沒有人比她更清楚了，好友無論喜歡誰，也不會喜歡自己的男朋友，畢竟她喜歡的是女生。她怎麼可以懷疑自己的好朋友。

她的男友曾經稱讚過好友很漂亮，他也很喜歡反問她，那他帥不帥。大概是因為當時好友喜歡的不是男生，她顯得很尷尬，支吾不出半個字，只是隨口應了一聲。女孩的男友就會說，再帥妳也看不上眼吧。

當別人問到，她會不會後悔將男友介紹給自己的閨蜜時，她的一句「不知道」，聲音像是從遙遠的空間傳來，在碰到空氣時迅速蒸散。

當時男朋友因為買了車，手頭很緊，她為了幫他分擔於是打了兩份工。但是男朋友不知道，而她也沒有讓他知道。她太瞭解他了，以他的個性，肯定會覺得沒有面子，更不用說會願意接受了。

因為打工，她再也沒太多時間陪男友，但男友只是開始覺得女孩不夠在乎他，而她總是笑嘻嘻地哄著他、打混著其他話題過去，卻始終沒有說出實話。

女孩忙碌的時候，男友就是陪著她的好友約會、吃飯。有一次她下班時，男友來到她打工的地方接她，但坐在副駕的卻是自家好友，笑說他們兩個一起給她驚喜。她坐進後座，聽著前座的兩人聊得歡天喜地，咧了咧嘴，卻笑不出來。

原本喜歡女生的好友，後來突然不對男生那麼排斥了。她知道啊，愛從來不分性別，她只盼求好友能夠幸福。

她忽然想笑，沒想到這麼狗血的電影情節，還真的讓她遇到了。明明都在一起那麼久了，差點就要度過七年之癢了呢。

　　「差點呢……就差一點。」她閉了閉眼，手指攢緊了衣襬。

　　有一天，好友提議要去泡溫泉，找了好多個朋友，說要一起泡大眾池。她是有些排斥的，她知道自己皮膚會過敏，大眾池之類一向是她敬而遠之的事物。她提出了異議，但連男朋友都跟著指責她的不合群。

　　她深吸了口氣，畢竟她也不想當著所有人的眼前拂了男朋友的面子，她甚至注意到了好友那張鐵青的臉色，勉強彎了彎嘴角，只得低聲和所有人說著抱歉。

　　不料，當天下午卻開始下了大雨，雨一直沒有停直到晚上，露天溫泉的行程只得取消。

　　房間裡，男友去洗澡了，女孩閒來無事地轉著旅館電視，聽見手機的提示音，她先看了自己的手機，沒有任何訊息顯示，探頭看男友放在床邊櫃子上的手機，訊息框顯示的是好友的訊息。

　　這個時間？

　　她看向浴室，裡頭還傳來水聲，她抿緊了唇，幾乎是鬼

迷心竅地把螢幕解鎖，她突然有些不敢看內容。

越往上滑，對話紀錄跳了出來，越看，她的眼睛越睜越大，心臟就是一陣緊縮。

句句煽情、句句調戲，句句都是對著她的好朋友說。句句皆如刀割。

女孩看完那些對話紀錄，趁著男友還在洗澡，就自己收拾好行李，自己叫車回家了。兩人恍若無事一般，對於當晚的事都絕口不提。她想，男友肯定也有所察覺了吧。

後來她找了一天，約男友出來談分手，在他面前燒光所有他給的卡片，男友就在一旁看著她的一舉一動。他笑得嘲諷，撥通了電話，和她「曾經」的好友說她是神經病。

她現在手機上的解鎖螢幕已經從兩人的合照換成了手機內建的風景照。

她捫心自問，能不能原諒他們的背叛，她也知道自己的答案。大概永遠不能吧。

不能。大概。

她經歷了一場洗禮，就像那句「原來人是在一夕之間長大的」一樣，篩出所有悲傷的成分，洗髓換骨。

以愛為名，以痛為期。

她該像電視劇裡的主角，狠狠砸東西、再狠狠哭一場，她可以衝去找那個令自己感到噁心的前男友，狠狠罵他整個下午，把五年來的那些回憶全部砸到他身上，再說一句你的人生我不奉陪了。

　　她大可以這樣做，但她沒有。她只是安靜地像在看一齣沒有主角的默劇，瞳孔沒有任何焦距。

　　沒有吶喊出聲的，都是荒腔走板。

　　原來每一次的轉彎都是有意義的。

　　錯過他的眼光，錯過他的神采飛揚，錯過他的黯淡絕望，也錯過他的刻意遺忘。

　　他們都說，到不了的地方就是遠方，追不到的目標就是幻想，那是不是，得不到的就是失去？比起成為她的得不到，他是不是更甘願成為她的失去？

　　──每一次的轉彎，都在鋪陳「她終於失去他」。

　　回憶沒有堤防，他站在汪洋彼岸等待誰的眼光，她還在大風大浪，而他已經找到了燈塔的方向。她的似海情深，原來都深不過人心。

　　人山人海裡，她終於失去他。

人山人海裡終於失去你

啊啊啊啊啊！再一次看這篇還是很氣，辜負他人心意與善
意的壞蛋都通通退散！

Adele
〈Chasing Pavements〉

他走過香港的海濱長廊，走過北京的紫禁城，
走過布拉格的舊城廣場，走過巴黎的歌劇院，
走過開羅的獅身人面像，走過東京的淺草寺——
唯獨沒有走過她身邊。

多久不見了。

她看著眼前人的眉眼，細細描繪她每一個和過去的不同。她穿著連身洋裝，頭髮紮在腦後，她的笑容得體不張揚，聲音比起以前更醇和了，像古老的鐘聲在遠方緩緩響起，悠遠而綿長地扎根在風裡。

女孩面不改色地啜了一口無糖的黑咖啡，在她看來莫名帶著一股決絕的意味，彷彿走在寒風裡也不怕受凍一般，然後她像是忽然想起了什麼似地笑了起來，說道：「我今天才看完

一本言情小說，我想到我似乎從小學就很喜歡看書，什麼書都好，但就是特別愛看言情小說，到了現在也是。」

她似乎有了什麼改變，卻好像什麼也沒有改變。

她把垂下來的劉海勾到耳後，繼續說道：「我似乎挺愛胡思亂想的，就像我喜歡看別人的愛情故事，但說實話，我的戀愛經驗也沒有特別多，甚至沒有多懂感情這回事。」

她的指腹無意識地摩挲著咖啡杯，她依然笑著，目光沒有著落，臉色帶著些病態的蒼白。「曾經喜歡過我的人說，得不到的總是最好。於是，他也真的放棄我了。」

她看著女孩的眼角有些濕潤，差點以為她要哭了。

女孩的舉手投足之間皆溫婉如水，此刻卻用有些淡漠的語氣說：「他現在也有好的歸宿了，但坦白說我也後悔過，如果自己不要那麼挑剔，現在我大概就不用勞苦奔波了吧。」

「可能我看太多言情小說，標準都被裡頭的男主角拉高了。」她自己打趣地說。

她同樣驕傲、同樣堅強，但她也渴望自己偽裝的脆弱，能有一個家安放。

但若不是最愛的，就不行。

她不將就，因為她知道，唯有不將就的感情，才會善終。

他的目光總是長遠，於是她開始嚮往遠方；他的笑容總是清淺，於是她開始褪去鮮豔；他的流淚總是無聲，於是她終於聽不見。

那個他啊，暈在她記憶的扉頁上，泛黃的摺角如同枯萎的花朵，翻頁過後就永無天日。

回程時候，她看見了女孩的大學學長——她大一時候的學長。

其實她並不認識他，甚至不知道他的名字，只記得她曾經給自己看過的照片，記憶已經有些模糊，但是看見他就知道——他是她喜歡的人。

她想起過往的她，比起現在要來得失色許多，只是一個安分守己的女生，永遠那麼安靜溫和——就連喜歡一個人也是，全世界都聽不見她面對他時的心跳聲。

她曾經拿著星座大全，和自己分享她的星座如何，而學長的星座又是如何。

「學長明天的運勢不錯呢，幸運色是紫色。」

「這裡還有星座搭配血型的分析，可是我不知道學長是什麼血型啊。」

「原來和學長最速配的星座是天秤啊。」

她最喜歡看講述星座愛情的文章，但她不是天秤座。

　　她會笑著，說學長人多麼風趣、很聊得來、會和女生保持距離、打球時很帥。在聽到別人說學長怎麼樣不好的時候，她都會義正詞嚴地反駁所有是非。

　　那個時候的她很單純、很美好，學長的每個優缺點，都同樣燦爛——而他說的每一句話，她都相信。

　　所以後來當他拒絕她的告白，她也相信，他真的不喜歡她。

　　她原來也很炙熱地喜歡過一個人。

　　後來的課業越來越重，她的成績逐漸下滑，她蹺課的次數變多了，她考慮著轉學。

　　在這樣渾渾噩噩的日子裡，她想起了學長，他們其實偶爾也會用通訊軟體聊天，只是開頭的人總是她。

　　她很惶然地發現，在沒有重心的生活下，他幾乎成為她的重心。

　　她不知道這是不是好事。

　　她終於要離開這間學校了。

　　她很認真地回想，她上過的課、參加過的社團、同住一年的室友、系學會的活動……其實這間學校帶給她的除了一些回憶之外好像也沒有什麼，最深刻的只不過就是一個人，一個

從此長住她心裡的人。

她在離開前和學長告白了。沒有為了什麼，只為了不留遺憾。

她始終記得當時他的表情，臉上好像是閃過驚訝和歉意，快得她來不及捕捉，但她很確定，絕對沒有愉悅之類的神情。

她突然一切都明白了。

她和學長最後一次聊天，她在手機的訊息欄打了又刪、刪了又打，手指頓住，她才恍然發現，似乎沒有什麼話能說，最終她只打上一句話：「我喜歡你。」

才過幾秒，卻像是等上一整個世紀，屏住呼吸，萌芽的期待在風裡忽明忽滅。

學長回覆：「謝謝妳。」

一句謝謝，儘管他無法承載她的一世浮沉。

最後一絲希冀被硬生生掐斷，只剩下一片無盡黑暗。

車來了。

上車前，她看了一眼學長漸行漸遠的身影，恍然想起了些什麼，她只來得及拍了一張他的背影，沒來得及問他是不是還記得曾經有一個女生，如此炙熱地喜歡過他。

後來她把他的背影照傳給了女孩，什麼話都沒有打，她

知道女孩肯定認得出來，畢竟她記得關於他的一切。過了一會兒女孩回覆了，她看著看著也笑了，但卻感覺有什麼哽在喉頭。

女孩只說：「他瘦了。」

很多時候都是這樣，每個人都有專屬自己的光，也可能自己就是誰的太陽，有些人天生帶著色彩，有些人則是黑白，卻也同樣嚮往彼此。

她待他為良人，時間卻錯把他當成陌路人。

他走過香港的海濱長廊，走過北京的紫禁城，走過布拉格的舊城廣場，走過巴黎的歌劇院，走過開羅的獅身人面像，走過東京的淺草寺──唯獨沒有走過她身邊。

遺憾公路

記得曾經有人計算過聽起來很離譜的數據，表明兩個人互相相愛的機率極其低──或許這樣才是正常的吧。愛與被愛要同時發生是多麼難得的事情啊。

好樂團
〈我把我的青春給你〉

正是年少輕狂，那個時候我們都不知道，
在那樣的年紀，或許誰都不會是誰的誰。
偏偏那時候遇上的人像鎸刻在生命裡的年輪，
日復一日、年復一年，終究難忘。

　　他們還是分手了，他們再也不是「他們」。

　　她想起當初他試圖挽回女孩的時候，他和她說，他想賺多一點錢，才能好好讓她過好的生活，她卻哭著對他說：「我寧願你做苦工，我替你擦汗擦眼淚。」

　　原本他們都還好好的，原本。

　　聽見這個消息的時候，好友在一旁哼了一聲，為她打抱不平：「配上那種人就是一場浪費，分了才好。」

　　記得高三那年，某天的早上，七點沒到、教官還沒有出

來站崗。

她還沒有踏進校門，只見一個熟悉的身影朝著校門口跑來，直到那個身影跑近她才看清來人。

是她。女生沒有看見她，她如蝴蝶般擁著整個春天的芬芳朝著一個男生跑過去，那個男生身穿另一個學校的制服，一手拎著書包，一手提著一袋早餐。

他眼裡盛滿了明燦的笑意，等她跑到他面前，他先給她拍了拍背順氣，才將手上的早餐遞給她，不知道說了些什麼，只見女生傻乎乎地朝著男生笑，彷彿眼前的人送了她一整個盛世。

女孩回到教室，手上拎著那袋早餐，早一步先到教室的她一看見就湊過去揶揄地朝著女孩笑道：「是男朋友吧？在校門口我看到你們了。」

女孩臉上泛起淺淺的紅色，卻沒反駁一句。

她看見早餐袋裡的那杯熱豆漿，一開始還疑惑著怎麼女孩在這樣的天氣還喝熱豆漿，後來她才知道原來女孩那天生理期，而他替她買了熱豆漿。

他是女孩的男朋友——那個給她買早餐來的男生。

放學後的晚自習。

在學校附近買完晚餐，她和朋友們拎著晚餐慢慢走回學

校，遠遠就看見一個男生站在校門口，頻頻往裡頭探，不知道是在等著誰。已經快要六點，不留晚自習的學生幾乎都走光了，以至於身穿他校制服的男生特別醒目。

待看清那個身影，她推了推走在旁邊的女孩，示意她往校門口看。「妳男朋友耶。」

他是一個什麼樣的人呢？

他不是一個愛讀書的男生，但是他希望她能夠考好；他會去網咖、會去打撞球，甚至還會抽菸，但是為了她，他開始改掉這些壞習慣。

沒有人知道他們這樣風格迥異的兩個人怎麼會在一起，這是沒有人看好的感情。

女生笑逐顏開地朝男生跑去，紮起的馬尾在空中擺盪出美好的弧度，那就是十七、八歲的青春。他遞給了她一杯熱飲，「這是熱可可，小心燙。」

「讀書加油！」他做了一個打氣的動作，逗樂了眼前的女生。

可是，現在在旁人的眼裡，或許可以的。或許，他們真的可以走到最後。

嗯，或許。

關於戀人之間的浪漫，他們也有。

他們去了永安漁港，在沙灘上畫一個大愛心，裡頭寫下「我愛你」。女生坐在男生的肩膀上，每一次的潮起潮落，他們都看著同一片藍色，細數那些不為人知的怦然，把彼此寫進各自的明天裡。

他們去了龍潭的山上看夜景，吐出整座星空，數著星星，就把愛人的名字連成一條線。在回程時，女生坐在男生的機車後座，穿著男生的外套，他不怕自己冷，卻怕她冷。

原來，心裡有一個深刻的人，靈魂才總算有了皈依。

然而，在女孩升大一後，和他分手了。

在他們在一起快一年時，他混成了兄弟。在她知道後，兩人吵了很多次架，兩人分開過也復合過，她的生活圈太單純，而這些只是他們最終結束的部分原因。

「他找妳復合？妳不會還傻傻地答應他吧。」

「放棄他吧，他已經不是之前的他了。」

「可是，我相信他不會壞到哪裡去。」她還在為他平反。

他是最清澈明朗的海，他是七月流火，他是歲月捲起的每一頁溫暖，他是時光裡的斷層，他是生命贈予最好的奇蹟；她是從沒見過天空的魚，她是八月未央，她是細碎年華遺留下

的隕石，她是時空裡的沼澤，她是他無關裡的有關。

正是年少輕狂，那個時候他們都不知道，在那樣的年紀，或許誰都不會是誰的誰。

偏偏那時候遇上的人像鐫刻在生命裡的年輪，日復一日、年復一年，終究難忘。

她後來還是和他復合了。

男生答應她，一定會離開兄弟的圈子，會踏實地生活，只是轉眼間又音訊全無整整一個月，後來她等來的卻是他的一句話：「我想通了，我還年輕，別逼我一定要選擇。」

「如果妳不能接受，就不要勉強自己。」兩人決定分開之後，他卻仍不忘給予她最後的溫柔。

她倏地想起，他的家人曾經對她寄予厚望，他們都說她是一個好女孩，希望能夠讓他有一點改變，但她知道自己還是讓他的家人失望了。

「妹妹啊，別再去想他了，他對妳那麼壞，無論如何，只要妳願意，阿姨永遠是妳的阿姨，外婆永遠是妳的外婆。」他的家人卻沒有怪罪她。

他離開了。幸好，他的家人依舊溫暖。

在分開的同一天，她才發現了一個幾乎是公開的秘密：

他在社群網站上和一個女生掛「穩定交往中」。

她的初戀也是劈腿分手的。他也知道，而他曾經和她說，他不會這樣對她。

她已經哭不出來，她開始懷疑是不是所有的感情都能如此雲淡風輕——就像他說不喜歡她了一樣，雲淡風輕。

她的生活已不再因為他填不滿空白，這樣的日子她反而更感到愜意，不用再為他愁眉淚眼、不用再為他提心吊膽、不用再為他牽腸掛肚，多好。

後來，她有一天和學校請了生理假。晚上時，班上有個和她還算有交集的男生傳訊息來，要她等等下來宿舍門口。她雖然有些疑惑，卻還是拉著一個室友一起下樓。那個男生給了她一個紙袋。下意識地，她以為是熟悉的熱可可，卻沒有想到是男生親手泡的熱花茶，以及一些小點心。

「妳不是生理痛嗎？等等上去趕緊喝了吧。」男生笑得靦腆。

她捧著紙袋上樓，有些失神。

原來，任何一個人都能代替他送熱飲給她，他對她的好，不是只有他一個人可以給予，任何一個人都可以，甚至還能做得比他好。她自嘲地笑了笑。

他打散了她的純真，為她編織了整條銀河；而她曾劃開他的烏雲密布，還他晴空萬里。

他熱鬧了她的不食煙火，卻沒接住她的墜落。

那年他們十七歲。

半路愛人

當時選擇這首配樂的正是主人翁本人，或許只有故事裡的主角在回憶起時，才最懂得當時的自己是怎樣的心情吧。

王笑文
〈耿耿於懷〉

正是這樣的年紀。

不怕流邁、不怕迷惘，

投注整個青春與未來相搏，

賭上這一場花季，想一直在一起。

才剛過機場出境的閘門，她的腳步就不自覺地慢了下來，從起初的小聲啜泣，到後來完全不顧周圍眼光的放聲大哭，腦海裡有一瞬間空白，她完全不知道自己到底在做什麼。

回過頭，她已經看不見來替自己送機的家人了。

剛住進學校宿舍的前幾天，她一直在哭——這似乎是她唯一能發洩的方式。

她還什麼都不會煮，只能去超市買微波食品當三餐；洗衣服要加多少洗衣精並非她的日常，對於生活事務的打理她也

毫無頭緒。初來乍到，她覺得所有事情都糟糕透了。

　　當時，還沒有室友住進來，她一個人待在房間裡，能做的事就是和家人、朋友及男友視訊。

　　她的高中同學們才只是去外縣市讀大學，就已經很捨不得了，她卻一股腦兒地跑來離家幾千公里遠的英國。然而，她不敢讓家人知道她的情緒有多崩潰，難過的時候，她就一遍遍地提醒自己，要對自己的選擇負責，是她自己堅持要出國的。

　　「這不是妳一直以來都想要的嗎？妳那麼努力，為什麼終於走到這裡了妳卻還是不開心？我不懂妳為什麼難過，妳要記住妳很幸福、也很幸運，不是所有人都有能力和金援出國念書的。」不管說到什麼，他總會繞回這句話。

　　他是她高中入學時認識的第一個學長，也是她的男朋友。

　　直到畢業之前，他們都是那種大家稱羨的情侶，儘管從不在社群網站上公開，但與他們要好的朋友都知道他們在一起。

　　而在一起的後來，她想起一年級社團甄選社員的事，開玩笑地問身邊的他：「我被選進去應該和你有關吧，不然我這個人個性不好又一副很難相處的樣子，怎麼會想選我進社團啊。」

她卻沒有想到，還真的是他一直向其他人推薦她的結果。儘管他那時又忙樂團又是班長，一堆外務要忙，卻說他願意帶她。

　　她彎著手肘，戳了戳身旁的他，眼裡滿是赤裸裸的調侃。「欸，其實你從一開學就對我有興趣吧？」
　　「我沒有，是妳先在校慶那天主動勾我的手的，我才沒有追妳。」他一口否決，但她卻注意到他那泛紅的耳尖，她也沒有戳破他的話，只是喜逐顏開地附和他。

　　她和他是完全相反的人。
　　比如他浪漫，而她冷靜；比如他感性，而她理性；比如他很喜歡接觸人群，她卻討厭接觸陌生人。
　　而他對她的好，簡直讓人不可置信。
　　他總是默默記得她的經期，妥善照顧她心情和身體的好與壞。在她忙於功課之際，不忘抽空幫她買晚餐。只要她想去的地方，他都會竭盡所能地為她達成。他記得任何特別的節日、任何關於她的事情，以及關於彼此的回憶。

　　那些再細瑣不過的小事，都足以為青春的空白扉頁填上色彩，哪怕有一天他們終不復最初的模樣，至少那些曾經都不算辜負。

有他，她從不怕褪色。失或得，都曾有彼此。

他清楚她一直堅持著出國念書的方向並為之奮鬥著。

他其實很心疼，卻始終沒有說，因為他知道那是她最執著的念想，他知道她很清楚自己要的是什麼。她是一個太有企圖心的人，所以當他知道她要出國念書的決定，他說不出任何否決的話。

他知道，正是這樣的她，才熠熠動人。

她始終不斷地增進自己的外語能力，關於所有出國念書需要準備的事宜，從英文檢定到申請學校全由她自己包攬。到了二年級，她幾乎是呈現蠟燭兩頭燒的狀態，好勝心作祟之下，為了做到最好，她已經很久沒有好好睡一覺了。

她為之花費了那麼多精力、付出了那麼多努力，他全都看在眼裡——他怎麼可以不支持她。

她知道自己是個非常不稱職的女朋友。

連生日禮物都會忘記準備、紀念日也不留意，也清楚自己的脾氣確實不好。他卻只是說：「我覺得妳的個性和脾氣都要改改，但妳若不想改也沒關係，只要妳開心，一切都好。」

他所有的耐心和包容，她全都看在眼裡——怎麼能不喜歡他。

正是這樣的年紀。

不怕流連、不怕迷惘，投注整個青春與未來相搏，賭上這一場花季，想一直在一起。

「哪怕世界將你視如敝屣，你仍是我的全心全意，我一生的孤注一擲，只為你。」

再後來，她開始陸續收到國外學校的錄取通知書，終於卸下重擔，她的忙碌總算能夠告一段落，辛苦絕對是值得的。然而她想起了那個他，又想到八月她將遠赴英國，若有似無地嘆了口氣，「遠距離戀愛啊……」

她早已和父母親提過男友，父母親覺得家庭背景各異，母親希望她能夠多想想，她說交往是一回事，但若要走得長遠，甚至論及婚嫁，這就不只是兩個人的事了。

她其實知道，自己的家庭雖不算多富裕，但也從來不需要擔心家裡的經濟狀況。然而，他的背景卻和她不一樣，他父親打零工、母親開早餐店，常常入不敷出，父母親的教育程度都不算高，也時常為了錢吵架。

她曾經天真地以為能憑一人之力去抵抗命運，還抱持著「只要相愛，這不是什麼問題吧」的念頭，母親卻苦口婆心，

不斷地告訴她：愛情可以是童話，但那要在衡量過現實之後才算數。

直到多年以後，她想起他曾經問她說：「網路上有句話說：『千萬不要在十七歲愛上一個人，因為他會是你生命中最愛的人。』妳相信嗎？」

她相信嗎？她問自己。

十六、七歲的年紀。

所有的遇見都是一場盛大的花季，從不害怕凋零，總以為腐朽天真之後，就能換來不滅的永恆。

她沒有說，她相信。那時候的她真的相信。

英國下雪了，又過了一年，又是一個冬季。

她望著窗外一片白雪皚皚，咖啡廳的音樂還在播著，已經換了下一首歌，她卻還在想著上一首歌的旋律，或許是太念舊，她像個虔誠的信徒，總把回憶聽得出神。

「已經來到這裡三年了啊……」她斂下眼簾，將垂落頰邊的髮絲勾回耳後。

世界前百的學校，壓力不是一般大，對於高標準的她來說，為了得到好成績以及申請獎學金，她幾乎是回到了高中時候的拚勁，甚至有過之而無不及。

一點都不輕鬆，她知道。

後悔嗎？不會，她始終堅信出國留學是她做過最正確的選擇。

這三年來，所有的苦她都撐過來了。

從父親的不支持，一直到最終的妥協；從最初的不適應，到英國成為她的第二個家鄉；從一開始連煮飯都不會，現在不只三餐，連甜點都會做了。

她還是繼續精進她的外語能力，她幾乎假日都泡在圖書館裡。她確實喜歡旅行，但她其實沒有多少假期，當別人看見她在社群網站上的出遊照總會羨慕一番，卻不知道旅行在她這幾年當中的日子，占去的部分實在太小、太小，她的精力和時間更多都耗在課業上。

出國前，她從來都沒有想過自己這麼愛她的家人和家鄉。

每次視訊時候，父母親就是一句話：「只要妳過得開心就好了。」

她想讓父母驕傲，讓他們相信她出國留學這個選擇是對的，她希望父母親都能早點退休、可以去做任何想做的事情，在金錢上或是精神上她都有足夠的能力去支持他們，就像當初他們支持她一樣。

她想，當初如果她沒有出國留學，她或許不會這麼早就有這個領悟。

　　這些經歷，都是她老了以後能夠回顧人生的養分，栽植她成為足夠為身邊的人遮風避雨的參天大樹。

　　她知道自己擁有多大的幸運。

　　然而，她還是偶爾會想起當年那個笑如暖陽的少年。

　　想起他告訴她說，他家的經濟狀況連張來回機票都買不起；想起他們的生活圈越來越沒有交集；想起他們的感情在遠距離，以及一次次的分分合合裡愈見淡薄；也想起當年連牽手都會臉紅的青澀和羞赧。

　　她不只一次地想，若是當年她沒有出國，他們現在還會好好的吧，就像和以前一樣。或許。

　　現在，他們都各自有男女朋友了，也各有各的生活和方向了，但他們偶爾還是會聯絡，像普通朋友一樣地和彼此分享近期的趣事，氣氛融洽得像極了當年的年少輕狂。

　　他總會開玩笑地和她說：「等妳碩士念完，如果回來我們都是單身，就復合吧。」

　　一說到這個，她只是笑笑卻也不多說什麼。

　　她知道，有些事情和有些人，注定了擦肩只來得及匆匆

一瞥，記憶還未及回籠就已經被淡忘，而她還是學不會圓融地去釋懷。她怕紅燭相伴到天亮，卻看不見地老天荒。

時間不會心軟，她已經沒有回頭路。深夜裡的煢煢子立，終於鋪成朝思暮想的錦繡前程。

誰的晴時風光，誰的雨後心傷。

她始終記得，那個如光一樣的少年，她曾經的他。

她終於可以回答當年他問她的那個問題了──沒有他，她的青蔥歲月便失所附麗。

我把你留在嚴冬

似乎要有所遺憾才能顯得故事更加動人，而那些路過的人們啊，都是沿途最美的風景。

Shane Filan
〈Beautiful in White〉

- - - - -

相思之甚，寸陰若歲。

從始至終，

只一個人的名字，

就足以成全她的所有念想。

「妳喜歡冰淇淋嗎？」

一道陰影落下，遮住上頭的光線，柴溪直愣愣地抬眼，看清了來人——蘇清哲。

她接過他遞給她的冰淇淋，笑容得體。「謝謝，祝你生日快樂。」

「不客氣。」蘇清哲斂下眼裡意味不明的情緒，唇角彎起同樣得宜的弧度。「謝謝。」

柴溪只看了一眼他走遠的背影，便收回了眼神，再低頭看了看手中的冰淇淋，是香草口味，是她喜歡的。

同年的七月，教會辦了一個青年暑期營，對於柴溪來說
這次她第一次參加，當年的營隊領導人不出她所料的是蘇清
哲——嗯，她想他大概屬於天生的領導者吧。

　　而在營隊的時候總有人和她說，蘇清哲對她有意思。

　　「想太多了吧，我們的交集也沒有很多啊，可能頂多是見
面會打個招呼的普通朋友罷了。」柴溪一點都沒有放在心上。

　　「明眼人都看得出來好嗎？他長得好看啊，還有家世及
工作也很好，妳怎麼不知道教會裡有多少女生都喜歡他。」

　　這完全是無關的兩件事好嗎？柴溪抿著唇，沒有想再聽
好友滿滿的「蘇清哲多好」，視線被正好經過的人吸引過去。
她小聲地嚥了一口水。

　　「溫格。」柴溪喊住了正要離開教堂的他。

　　這是結束營隊後兩人第一次見面，當時溫格是營隊裡的
顧問，他和蘇清哲是完全不同的類型，應該說是個性部分的差
異，她知道溫格幾乎算是寡言，兩人談的話題永遠是有事，從
來沒有談過心事。

　　柴溪對於溫格，還不到喜歡，但有些朦朧的好感——是那
種，若是發展下去也可以的對象。

　　溫格停下腳步，像是突然想起什麼似地笑著和她道賀：

「營隊結束的時候，我忘記恭喜妳和清哲。」

　　她和蘇清哲在營隊的活動分別贏得了獎盃，一男一女的獎盃。雖然她始終不清楚自己是怎麼贏的，或許是看她是新人？但蘇清哲也不算是新人吧……

　　直到溫格走了以後，柴溪才想起她好像有什麼話沒有和他說，她懊惱地敲了敲自己的頭。

　　一聲輕笑從身後傳來，柴溪回過頭，是蘇清哲。

　　「晚了，我送妳回家。」他從口袋拿出車鑰匙，很自然地輕推著她的背往前走。

　　「我家很近……」柴溪想拒絕他的好意，卻被他的一句「我不放心」堵住了嘴。

　　直到坐上蘇清哲的車，柴溪才終於正視起之前在營隊時好友和自己說的話。

　　他對自己有意思……是喜歡她？

　　畢業之後，柴溪如願地到了一間連鎖的五星級飯店工作，從前臺的工作做起。

　　在這些時日裡，她每個週末的早上一樣都會去教堂，一樣會遇見溫格，卻也僅僅是遇見，最多只是打招呼，連多餘的話都沒有說上。

　　相反地，她和蘇清哲的交集多了起來——比如現在。

她正在收拾東西準備下班，一隻手映入眼簾，屈著指頭敲了敲桌面。柴溪抬頭看見來人，沒有多大的意外，「快好了，等我一下。」

　　「我剛剛在大廳門口碰見……溫格？他來找妳嗎？」

　　「對啊，他拿了這本書給我就走了。」柴溪收拾完，拿著溫格給她的書在蘇清哲面前晃一晃，然後收進包裡，「我好了，走吧。」

　　「他就這樣走了？」

　　「他本來想找我一起吃晚餐，但我說我已經有約了。」

　　走在前頭的柴溪沒有看見，她的話落下時，蘇清哲正好揚起的唇角。

　　這幾個月以來，柴溪其實早就清楚蘇清哲的心思。

　　應該說不清楚也難——從最俗套的鮮花攻勢到各種藉口的約會……幾乎樣樣全了。

　　「你真的是第一次談戀愛嗎？」柴溪很懷疑。

　　蘇清哲抿了抿唇，目光清亮，裝作自若地開口：「正確來說，是我第一次喜歡上一個人。」

　　柴溪詫異地望向他，卻剛好撞進他眼裡翻湧的情緒。

　　「我很喜歡妳，柴溪。」蘇清哲伸手握住她的，包裹在掌心裡，聲線有些緊繃：「是那種……想要生活裡有妳的喜歡。」

柴溪第一次看見蘇清哲緊張。

那個在眾人面前發言也不改顏色的領導人，在她面前，緊張了。

＊

那些沒有柴溪的日子，蘇清哲是怎麼過的？除了他自己，沒有人知道。

和柴溪分手後的這一年多以來，蘇清哲是怎麼過的？除了他自己，沒有人知道。

蘇清哲在他們分手後的第一年又零三天，收到了柴溪的訊息，她說她想和他見面……其中的理由，蘇清哲隱隱約約猜到了些什麼。所以他決定赴約。

眼前人的眉眼比一年前更加成熟，妝容的風格似乎不同了，頭髮長長了許多，握刀叉的姿勢還是沒有變，用餐時候仍然習慣性地將隨身包放在自己的腿上——哪怕有些差異，依舊像極了他記憶裡從未抹滅的，她的模樣。

他記得啊，記得歲月，記得柴溪，他什麼都記得。

似乎是醞釀好了一切的氣氛和情緒，柴溪深吸了口氣，「你可以和我說……你真的不愛我了嗎？」

「可以。」蘇清哲斂下眼簾，掩去眼底差點無法抑制的情緒，啞著聲開口：「我不愛妳了。」

原來說出這句話比他想的還要困難，尤其面前是她……他捨不得。

彷彿是為了說服自己相信，蘇清哲又補了兩個字：「真的。」

真的……那妳相信了嗎？

「柴溪？」

從往事裡回神，柴溪趕緊回應身旁的好友，眼神卻不自覺地瞟向另一個方向。

蘇清哲。她默默忍住了想要走過去的衝動，遠遠望著他和幾個朋友的有說有笑，她深吸一口氣，扯了扯嘴角，卻笑不出來。她其實有些生氣，為什麼他可以這麼若無其事地和他人歡笑，放任她在他身後兀自心傷。

蘇清哲真的做到了她要求的事。

儘管他們真的越來越少在教堂碰到，卻還是偶爾會有幾次的恰好，比如今天。

但她卻想哭。是她自己說不要再聯絡的，也是她自己說就算遇見也別喊她的名字的。

很幼稚她知道，但是她沒有辦法……沒有辦法裝作他們還在一起。

當初，他們幾乎是順理成章地在一起了。

所有戀人有的浪漫他們都有，所有的好時光都能以朱生豪寫給妻子宋清如的那句話：「我一天一天明白妳的平凡，同時卻一天一天愈更深切地愛妳。」來概括。

她以為這樣就能夠是一生，和蘇清哲。

蘇清哲永遠都清楚自己在做什麼、想做什麼。柴溪喜歡他的這一點，因為她知道這樣才是蘇清哲。但她卻也是因為這一點，心傷了好幾個春秋。

在一起將近一年的時候，蘇清哲因為工作越來越忙碌，電話越來越少、簡訊越來越少、見面的次數越來越少，柴溪越來越患得患失。

柴溪知道不能這樣下去。所以他們約定好了，一個禮拜後再見面，沒有浪漫的燭光晚餐，只是最閒話家常的一頓飯，因為比起晚餐他們還有更重要的事情要說——這段感情還要不要繼續下去。

「妳先說吧。」蘇清哲坐在柴溪的對面，笑得一如往常。

「我想。」繼續下去。

「我不能。」蘇清哲垂下眼簾，語氣輕得像是怕嚇著了對面的人似的。

時間彷彿在瞬間戛然而止，柴溪握著刀叉的手輕顫了一

下，臉色蒼白得可怕。

她沒有想過他會這樣說。

「那……還是朋友？」她聽見自己的聲音，鎮定得出乎自己的意料。

她不想只是朋友。

「當然。」

柴溪伸出手，和蘇清哲的交握。

她終於笑不出來。

「晚安。」柴溪匆匆丟下一句話，像逃跑似地推開車門下車，眨眼間就跑進屋裡。

蘇清哲看著她的一系列動作，他的背貼上整個椅背，揉了揉眉心，幾不可聞地嘆了一口氣。

柴溪沒有注意那輛載她回來的車停在自家門口多久，她一進房門，隱忍整個晚上的情緒在一瞬之間像猛獸出閘似地爆發出來，她撥通了好友的號碼。

「他不要我了……」

蘇清哲說他不要她了，他真的不要她了。

柴溪還記得他們在一起後沒多久，教會辦了一個三天兩夜的活動，那時候住在小山坡上的小木屋，走出木屋腳下城市的一片燈火一覽無遺，搖曳了整個夜晚。凌晨時候，所有的人

都撐不住進屋休息了，只剩下蘇清哲和柴溪。

　　蘇清哲轉身去拿了自己的手提小音響，他們並肩坐在一起，時而談天，時而只是安靜地聽著流淌出來的慢歌，柴溪的頭靠在蘇清哲的肩上，沒有多餘的話語，只有幾次偶然的眼神交會，心就軟得一塌糊塗。

　　他們一同看日出，恍若如此就可以是一生。

　　所有無限溫暖的美好卻在那句「他不要我了」出口的當下墜入深淵，像那一夜未曾清醒的夢，在剎那之間轟然老去。

　　沒有什麼不同。和每天醒來的早晨一樣，有父母親的問候，有熱騰騰的早餐，有準備上班的套裝⋯⋯還有一封蘇清哲的早安簡訊。

　　柴溪拍了拍自己的臉頰，再低頭看了一眼手機螢幕上的訊息內容，就和往常一樣。

　　對啊⋯⋯他們還是朋友。是她自己說的。

　　柴溪盯著螢幕幾秒鐘，直接關了螢幕。她還是難受。

　　連續好幾天，她都會收到蘇清哲的簡訊：早安、現在在做什麼、早餐吃什麼、現在在做什麼、午餐吃什麼、現在在做什麼、晚餐吃什麼、現在在做什麼、晚安。

　　──就像他們沒有分開過一樣。

　　這樣的狀況直到柴溪傳了簡訊給蘇清哲後才消停，也真

的，他完全做到了她的要求。

原來這樣也可以是一生，沒有蘇清哲。

*

「柴小姐，我聽說妳沒有對象，我可以介紹我表弟給妳……」

「謝謝你的好意，不過真的不用了。」

頂著精緻的妝容，踩著一雙黑色高跟鞋，和一身標準的黑色套裝，柴溪已經從初出社會的新鮮人轉變成成熟味十足的上班族。二十六歲，她知道自己已然不算年輕。

後來她換了另一間飯店，成了活動經理，專門負責舉辦活動的，而在飯店裡最常見的活動幾乎就是婚禮。因為活動而接觸到的客人有些會好意地想介紹她對象，她的第一反應就是拒絕。

柴溪知道自己還沒有準備好。

準備好完全忘記蘇清哲，準備好接受新的一段感情，甚至是走入婚姻。

這四年之間她想了很多，她其實很後悔為什麼當初想的是「這段感情要不要繼續下去」，而不是要怎麼修補以及和好。到底是太年輕，從最早的氣憤到後來的心傷，積年累月，她從來都沒有釋懷，不過是已經沒有太常想起了，也不敢太常

想起。

一天下班時，同事突然問：「柴溪啊，現在下大雨呢，妳要怎麼回去啊？不是說車被妳姐借走了嗎？」

柴溪愣了一下，才反應過來確實有這麼一回事，正要開口回答時，她的同事又接著道：「等等我男朋友要來載我，不如順道送妳回家吧？」

柴溪的眼神頓時黯了幾分，只是笑著擺了擺手，婉拒同事的好意：「不用了，謝謝妳啊，我等會兒自己叫車回去就行了。」

柴溪等在飯店的大廳門口，姐姐打電話來說要來接她，她沒有像剛剛婉拒同事一樣，總歸還是有親疏之分，尤其麻煩的是別人的男朋友。

男朋友，她下意識地想到蘇清哲。

這幾年，柴溪已經很少參加青年團契的活動了，週末去教堂的時候也總是很恰好地錯過蘇清哲，像是說好了一樣避而不見。分開後，她討厭聽見情歌、她排斥是快樂結局的電影、她已經不看羅曼史小說，她再也不敢相信所謂童話。

很情緒化她知道，很任性她知道，但她的心傷無處宣洩。

柴溪記得有一次，也是下雨天，蘇清哲打了電話來，說

他要來接她。

當時她還沒有自己的車，根本不存在車被借走的問題，她不習慣麻煩別人的男朋友，但蘇清哲是自己的男朋友……她欣然接受。

他們分開之後，儘管已經很少遇見，但她偶爾還是會從共同朋友那裡得知他的消息，她還是會因為是好消息而為他感到高興，同時卻也害怕哪天會聽見他有新對象了，幸好從來沒有。

飯店的大廳門口，人來人往，卻沒有人注意到站在角落的一身標準套裝的成熟女人，像個剛入小學、不肯父母離去而啜泣的小女孩，狼狽地哭花了妝。

蘇清哲、蘇清哲、蘇清哲、蘇清哲、蘇清哲。

記憶是輪迴，有關他的都紛至沓來，唯他的歸期杳無音訊。

相思之甚，寸陰若歲。從始至終，只一個人的名字，就足以成全她的所有念想。

*

「柴小姐，妳還沒有對象嗎？我有一個朋友正好也是，我可以介紹你們認識……」

已經是多次遇見這樣的狀況，柴溪都是下意識地想要拒絕，但她突然想起自家親姐和她說的話——她已經二十六歲了。

心思一動，她沒有再像過去一樣拒絕，反而爽快地答應了。

　　蘇清哲……她可能等不到他回來了，應該說他們大概再也沒有可能了。

　　「柴小姐，妳看看要吃什麼？」對面的人穿一身正式的襯衫和西褲，笑得溫和，伸手把菜單推到柴溪的面前。

　　這是第二個。和上一個人一樣，柴溪都會不自覺地把他們和蘇清哲比較。

　　外表？蘇清哲勝。
　　穿著？蘇清哲勝。
　　談吐？蘇清哲勝。
　　氣質？蘇清哲勝。
　　個性？蘇清哲勝。
　　工作？蘇清哲勝。

　　如果有人問她，她喜歡什麼類型的，她肯定會說只要像蘇清哲就好——只要是蘇清哲就好。

　　吃完晚餐後，柴溪婉拒了相親對象說要送她回家的好意，只是藉口說自己要在附近走走，對方也沒有勉強她，就先自己離開了。

他們是在百貨公司裡的餐廳吃晚餐的，柴溪說的要在附近走走也不過是逛一逛罷了，而且她只要一比較相親對象和蘇清哲……她就整個人都不好了。

　　柴溪完全沉浸在自己的思緒裡，完全沒有注意到前方的人。

　　「柴溪？」對方出聲喊住她。

　　這聲音……「溫格？」

　　一身休閒服，很顯然只是來走走的，幾乎四年沒有見到的人就坐在自己的對面，眉眼比過往成熟硬朗了許多，柴溪突然想，那現在的蘇清哲又是什麼樣呢？

　　溫格見對面的人兒看著自己出了神，也沒有多想什麼念頭，他早已經知道柴溪和蘇清哲之間的事。他只是抿了一口咖啡，首先打破沉默：「我今年年底要結婚了，等過些時日，妳就會收到喜帖了，非常歡迎妳來參加我的婚禮。」

　　柴溪有些驚訝，她才恍然意識到光陰荏苒，事過境遷，有太多事情都已經不復當初，就如同她已經記不得當初對溫格那種朦朧的好感了——唯有她心裡的那個人始終過不去。

　　柴溪靜靜地聽著溫格說話，看著溫格他提起未婚妻的溫柔模樣，被生活折騰的尖銳彷彿都被磨平了，她忍不住跟著微笑，真好。扶在咖啡杯邊上的指尖被咖啡飄散的熱氣蒸暖了。

　　「妳和清哲呢？」溫格突如其來的問題讓柴溪的手驀地

一顫。

　　她扯了扯嘴角，「我們……就這樣了吧。」

　　「妳是真的不知道嗎……你們倆的公司就在對面，竟然都沒有見到？」

　　「你、你開玩笑吧？」柴溪是真傻了，「那他知道嗎？」

　　「當然知道，這還是他和我說的。」

　　在那日之後，幾乎是慣性地，在上下班的時候柴溪都會抬頭望向對面那間辦公大樓，原來這麼多年以來他們都距離彼此那麼近，原來蘇清哲就在她抬頭就能看見的地方。

　　今天又有一位客人想介紹她對象了，柴溪再次拒絕了，沒有為什麼，只是剛好今天是她和蘇清哲分開的第四年又五個月。

　　二十六歲的尾巴，她就要二十七歲了。

　　和以往一樣，柴溪忙碌完之後正好準備下班，她的同事突然問：「柴溪啊，現在下大雨呢，妳要怎麼回去啊？不是說妳的車被妳姐借走了嗎？」

　　好熟悉的對話。柴溪這才想起今天的情況就和之前那次一樣——下大雨但是她沒有車。

　　果然下一句就是：「等等我男朋友要來載我，不如順道送妳回家吧？」

「沒關係不過真的不用了，謝謝妳啊。」柴溪再次婉拒了同事的好意，拎起包包，和同事揮手道別，踩著高跟鞋離開了。

柴溪再次等在飯店的大廳門口，看著外頭的滂沱大雨嘆了口氣，從包裡翻出手機，撥出自家親姐的號碼救急。

一雙皮鞋出現在她的視線裡，柴溪眨了眨眼，直愣愣地抬頭。

「柴溪。」那個她夢裡都會出現的聲音。

那個她夢裡都會出現的人，撐著一把傘朝她走來。

那個她夢裡都會出現的人，撐著一把傘朝她走來，就站在她的面前。

那個她夢裡都會出現的人，撐著一把傘朝她走來，就站在她的面前，對著她笑。

「嘟嘟嘟……您撥的號碼無人接聽……」

Looking back, I'd say my story is an incredible one.

Who would have thought that after 4-5 years apart, God will still bring us back together?

Who would have thought that after years of moving on, I would be ok and get back to the same person who caused me so much heartache?

We were really meant for each other, by God's grace.

Of course, there are misunderstandings and petty quarrels but we were more mature in handling them, thank God. It was also a time to know each other deeper.

Now 13 years into marriage and we still have our ups and downs.

But what is most important is that we take it one step at a time together.

We are really meant for each other, till death do us part.

- - - - - - - - - -

七年之想

這篇是身邊親近之人的故事，見證他們從步入禮堂至一家
四口，真好啊。愛與被愛都有定數。

流年和光同塵

葉思卓

米津玄師
〈Lemon〉

「今天放學要不要去ONLY？」薛楚亦趁著課間時候問了其他三人。

紀則然卻是搖頭拒絕了。「我放學要去打工。」

蔣慕楠有些歉意地說：「抱歉呀，我和圖圖說好了要去買東西。」

葉思卓看著被兩人拒絕之後，薛楚亦垮下來的臉，一臉仗義地朝他抱拳。「兄弟，你只剩下我了。」

薛楚亦嘖了聲，故作嫌棄。「又是只有我們兩個了。」

儘管薛楚亦表現得很嫌棄，兩人下午還是一同去了ONLY。

在點餐時，薛楚亦翻出自己的錢包，看見裡頭只剩寥寥無幾的零錢，一巴掌捂住自己的臉，懊惱地說：「我忘記了，我上次才說過，這個月的零用錢都拿去給老紀買生日禮物了。」

「沒錢還提議要來ONLY呢。」葉思卓翻了個白眼，對於好友的少根筋表示無語，最後還是一手拍在了自己的胸脯上，豪氣道：「就當今天卓哥請你了！隨便點！」

薛楚亦笑嘻嘻地朝她拱手作揖。「小弟承蒙卓哥的厚愛了！」

在等待餐點的時候，薛楚亦突然神秘兮兮地湊過來，嚇得本來低頭專心滑手機的葉思卓差點一巴掌揮開他的臉，她沒好氣地說：「你幹嘛啊！」

薛楚亦很無辜。「我想告訴妳一個秘密啊。」

「秘密」這兩個實在太吸引人，葉思卓的脾氣馬上消失無蹤，一臉八卦。「什麼秘密？」

薛楚亦也不賣關子，直截了當地說出他的臆測：「我覺得老紀好像談戀愛了。」語畢，他像是又想到什麼似地，補充了句：「就算沒有談戀愛，我也打賭他有喜歡的人了。」

聞言，葉思卓愣了好幾秒，才反應過來薛楚亦的話是什麼意思。

她抿著唇，有些疑惑：「可是完全沒有跡象啊？平常在學校也沒看到他跟除了我們幾個之外的人走得比較近。」

薛楚亦不以為然。「學校沒有，不代表其他地方沒有啊。妳記得他有在咖啡店打工吧？」

「當然記得。」葉思卓的笑容逐漸變得勉強。「所以你是說……他喜歡的人是在咖啡店認識的？」

「我昨天去他打工的咖啡店，看見他和一個女生聊得很愉快，那個女生和他一樣都是在那裡打工的。後來正好他下班時我也要走了，就問他要不要一起，可是妳知道他說什麼嗎？他讓我先走，說他已經跟那個女生說好了要送她回家。」

「只是送她回家而已啊，這有什麼嗎？」

「不不不，他當時和那個女生說話的時候，那個模樣和眼神不一樣，我保證他絕對沒有這樣看過誰，包括妳和千千。」

薛楚亦這個人，葉思卓還是瞭解的，他雖然大大咧咧的，但並不會空口說白話，也藏不太住心思，在某些時候耿直得令人惱火。

她意識到他說的話在很大程度上是真實的。

葉思卓終於笑不出來。

葉思卓沒有向任何人說過，在成為高中同班同學之前，自己曾經見過紀則然。

可是這件事恐怕就連紀則然自己都不知道，只剩葉思卓固執地守著這份秘密，像是在用盡力氣維持著那忽明忽滅的、即將燃盡的蠟燭，僅是因為貪戀那點溫暖。

並不怪紀則然認不出自己，更何況只有一面之緣。

葉思卓心裡明白，當時相遇時，自己的面貌與如今的模樣相差有多大，對於因此而造成了彼此在記憶上的巨大落差也絲毫沒有感到意外。

紀則然如今的形象也同自己印象裡的有些許不同。過去

的他毫不掩飾自己的溫暖和燦爛，現在卻是收斂了，整個人好
比湖水一般沉靜。

儘管氣質變化之大，當時她還是一眼認出了他。
一開始她只是想和他說聲謝謝，僅此而已——謝謝他安
慰了那時候一蹶不振的自己，謝謝他提醒自己不要陷入絕望的
迴圈裡，謝謝他帶自己重新認識了這個原來還算美好的人間。
可是後來成為了朋友，關係變得愈加親近……她逐漸忘
了最初只是想和他說聲謝謝。情感上的某些變化似乎也不是一
件壞事。她想。

葉思卓並沒有想改變現狀的打算，保持著這樣的關係就
好。她沒有多少期待，但在聽見薛楚亦這麼說時，仍然不可避
免地有些失落。

02

日子飛梭，在假期前要面對的是期末考試。
週五的課間，蔣慕楠正在為一題數學題糾結不已，算
了將近半小時依然無果後，她最終選擇求救。「卓哥，這題
妳會算嗎？我覺得我過程都寫對呀，偏偏解出來的都不是答

案。」

「我看看。」葉思卓接過她的習題本，花沒幾分鐘就將解題的所有過程詳細地寫出來了。

「哇！謝謝學霸。」蔣慕楠看懂了，重新仔細地對照了自己寫的和葉思卓寫的解題過程的差異，而很顯然的，葉思卓的算法比她的要來得簡單明瞭多了，這道題其實並沒有她想的那樣複雜，怪不得她解不出來。

葉思卓不以為然地揮揮手。「呿，少拍馬屁。」

放學時，終於從令人頭昏腦脹的一堆期末複習考卷裡解脫，葉思卓收拾完書包，和其他三個好友說再見後，便很快地離開了，速度快得令薛楚亦感到咋舌。

於是他忍不住說道：「卓哥又進入『備戰狀態』了啊。」

蔣慕楠表示已經見怪不怪，一邊收拾著書包，一邊回答：「是啊，因為要考試了，加上她爸媽逼得緊。你們不知道，上次我去她家，簡直要嚇死，整個氣氛嚴肅極了，可能因為她爸媽都是教授吧，然後聽說她姐姐也是極為優秀的，所以她爸媽對她的成績也很看重。」

聞言，就連紀則然都忍不住開口：「這壓力得多大啊。」

薛楚亦嘖了兩聲，感嘆道：「學霸背後的辛酸淚。」

葉思卓一回到家便直接上了樓，開始複習期末考，直到樓下的葉母喊了開飯後，她才走出自己的房間。下樓之前，她下意識地看向了正對自己房間的另一扇門，爾後像是無事般地收回了視線。

下樓，葉思卓沉默地坐上餐桌，在他們家，吃飯的時候從來不說話，也禁止說話，大多時候都只是安靜地吃完飯，並安靜地收拾自己的碗筷，再安靜地離開飯廳。令人窒息。

畢竟他們從來都無話可說。

她其實不怎麼喜歡回家，因為她從來沒有感受到正常家庭應該擁有的溫馨氛圍。

她的父母永遠只會關心「今天讀書了嗎？」、「這次考了第幾名？」、「妳為什麼考成這樣？」等諸如此類的話題，她和她的姐姐就是她們那對身為教授的、在各自領域上都極為優秀的父母的讀書機器，好讓他們在外時，能夠拿出來炫耀的物品──她們的父母是如此優秀，她們應該也要很優秀對吧？

不只一次這麼聽見他人說過類似的話語。

所以，他們到底算不算是一對好父母呢？

給了她們生理上的滿足，同時也給了她們精神上的壓力與折磨。

或許現在的情況已經比過往要好了許多，但對於她來說，每天回家，都像死掉一點。

03

週末，葉思卓原本心無旁騖地待在房裡念書，卻在聽見樓下父母的爭吵後，開始感到煩躁起來。她放下手中的筆，本來挺直的背往椅背上靠去，呼出一口氣。

不用想，她就知道父母在吵些什麼了，而她一點都不想搭理或參與。

她一把抓起放在一旁的手機，翻了翻未讀訊息，在四人的群組裡，薛楚亦就在剛剛發了張照片，是他和蔣慕楠的合照，配文是：「猜猜我們在哪？」

身為當事人的蔣慕楠自己回覆了：「卓哥，探班老紀要不要跟上！」

葉思卓遲疑了一會兒，敲上了個「好」，卻在準備按下傳送鍵的時候頓住了，刪除，重新輸入字串。「抱歉我今天有事了，下次再約啊。」

　　葉思卓是真的有事，不過是臨時決定的。
　　最近因為期末考試，她已經有好一段時間沒有去探望她了。

　　來到了安養院，她熟門熟路地找到房間，推門進入，這個時段照護人員剛離開沒多久。她的目光在看見床上躺著的人的時候就忽地平和了下來，總是這樣，只有在這個人的面前，葉思卓才能卸下全身的鎧甲，誠實地坦露最脆弱的部分。

　　葉思卓伸手替床上的人掖了掖被子。「對不起啊，快要期中考了，沒有時間來看妳，不過我答應妳，等期中考結束後，肯定一個禮拜至少來看妳三次，我還有好多話想和妳說啊，妳也是的，對吧。」
　　床上的人毫無動靜。
　　葉思卓也不在意，繼續說：「妳還記得我之前和妳說過吧，我挺喜歡的一個男生，叫紀則然。前陣子老薛和我說，他有喜歡的人了。我起初是不相信的，但是老薛說得那麼斬釘截鐵，我忽然就這麼被說服了，因為我知道，喜歡一個人，眼睛

是騙不了人的。」

「其實我當下聽到這件事的時候，還挺難過的，竟然有點失落，我以為自己對他更多的是感激。儘管如此，仍然為他感到開心。」葉思卓低著頭把玩自己的手指。「他生日那天的晚上，我正好去了噴泉廣場，妳猜怎麼樣，我竟然看見他了。而且最令我意想不到的是，和他在一起的人，是千千男朋友的哥哥，沒記錯的話叫……沈容川。雖然那天距離有點遠，但那時我才知道，原來看喜歡的人的眼神真的會不一樣。」

「我忽然就釋懷了，不管他喜歡的是誰。」葉思卓揚起唇角，笑得輕淺。「是啊，就算我和他兩情相悅好了，又能有什麼結果呢？畢竟我都自顧不暇了，談情說愛對現在的我還太遙遠。」

她想，有些事情或許可以當作自己一輩子的秘密。真好。

葉思卓在安養院待了整個下午。眼看昏黃的陽光逐漸攀上米白色的窗簾，燥熱潮濕的空氣因為開著的窗而滲透進來，再看一眼床上那面容沉靜卻怎麼也喊不醒的人，她忽然感覺無比疲憊。

「好想妳啊，姐姐。」

有些悲劇或許是注定的。

她們改變不了父母那腐朽的陳舊思維，從她們記事起，就被父母安排各式各樣的才藝課和補習，堅決要把她們培養成眾人眼裡的優秀孩子。

年紀小的時候只想玩，哪裡懂父母的「苦心」，曾經靠哭鬧或絕食來逃避，一次兩次還管用，年紀漸長後，父母不再縱容她們，態度強硬至極。不是沒有嘗試過抗爭，但沒有換來更好的結果。

所以她的姐姐在十八歲的時候，用了最慘烈的方式，向父母表達自己的不滿與痛苦，卻再也沒有睜開眼——或許對她而言，反而是種解脫。

父母似乎為此感到過後悔，因此在後來很長一段時間裡，對她無比寬容。

可是有什麼用呢？他們該感到愧疚的人從此只能躺在病床上。

又滑稽又可笑。

葉思卓捂著臉哭出聲來。

這時，手機短促的提示聲驀然連續響起，在這安靜的空間裡竟聽著有些刺耳。

第一條是母親發來的訊息，問她有沒有要回家吃飯。

其他則是與小夥伴們的群組，蔣慕楠不知道從哪裡翻出了過去班級比賽的影片連結，開始回憶起當時的歡樂時光，再加上薛楚亦附和的令人發笑的話語，使得葉思卓原本悲傷的情緒一下子被沖淡了。

挺好的。生活會好起來的吧。她想。

晚 night

Ed Sheeran
〈Photograph〉

血緣就已經注定了在有生之年會認識這個人、
會和這個人熟悉、會和這個人成為親密的家人——
所有的遇見，都是時間耗費一生的伏筆。

她有一個姐姐。

從小時候的打打鬧鬧，到長大的吵吵鬧鬧，最大的轉折點應該是從自家姐姐離家上大學開始。

兩個人在許多方面都南轅北轍，比如姐姐不想離家太遠，而她卻想出國留學；比如姐姐是顯性的好脾氣，而她卻是隱性的拗脾氣；比如姐姐是天生的開心果，而她卻是後天的悶葫蘆……還有很多很多的「比如」。

自家姐姐很優秀。在所有人眼裡、在自家妹妹的認知裡。

在姐姐高中畢業後，爺爺奶奶出錢送了她一臺新電腦，

為了日後上大學使用。

當時父親語重心長地和她說：「不要太在意姐姐有電腦，等妳以後要上大學也會有。」

她懂了，父親大抵是怕她心裡不平衡。她有些想笑。

其實比起姐妹，她覺得除開一些輩分問題，她們更像是朋友。她甚至沒有多大的「因為姐姐很優秀所以我也要像她一樣」的想法，許是小時候過得太沒心沒肺，年齡漸長後有了自己的想法、有了自己的方向，根本無暇顧及或是猜測他人的心思。

應該說，在很多時候，她是一個很活在自己的世界裡的人──心大也是一種長處吧。

當年姐姐離家上大學，初到一個相對陌生的城市，一手攬著對於大學新生活的滿心期待，一手捧著初來乍到還尚未輕車熟路的惶惑──就要一個人獨自生活了。

八月底，開放搬宿舍的其中一天，全家一起帶著姐姐的行李還有住宿的用品等等的，大包小包地驅車前往宿舍。幫著搬上樓，重物直接和宿舍的管理人員借了推車，再跑去領先前和學校訂好的床墊，來來回回跑了幾趟，所有人都出了滿身汗。

「還可以啊，反正姑姑家在這裡，妳週末還可以去他們家。」環視著六人宿舍，她打趣地說。她知道真正讓父母親放

下心來的原因，是因為這座城市裡有認識的親戚方便照拂。

母親忽然插了一句話進來：「姐姐，有空就要回來哦。」

「會啊，不然我還要去哪裡。」姐姐自己先笑了出來。

聽著母親和姐姐的對話，她忽然想起龍應臺寫在《目送》裡的那一段話：「我慢慢地、慢慢地瞭解到，所謂父女母子一場，只不過意味著，你和他的緣分就是今生今世，不斷地在目送他的背影漸行漸遠。你站立在小路的這一端，看著他逐漸消失在小路轉彎的地方，而且，他用背影默默告訴你：不必追。」

好像無論到了多大年紀，永遠有人擔心你照顧不好自己、永遠有人擔心你的安危、永遠有人擔心你遠在異地有沒有吃好、睡好。永遠有人擔心你。

這恍若是一個必經的過程，以此鍛鍊更加成熟的適應力、打磨更加堅韌的抗壓力，是再也困不住囚鳥的自由年代。一步一步，越走越遠。

回家，這個詞忽然變得不再是那麼理所當然，每每想起都熱淚盈眶。

開學前一週，有申請宿舍的新生都已經正式入住，姐姐也終於見到了自己即將相處一年的其他五個室友。

她在隔天晚上打了電話來，興致高昂地和家人分享趣事：「住在宿舍的第二天早上起來，我全部的室友都說她們昨

天晚上哭了，因為想家。」

她頓了一秒，接著道：「害我都不好意思和她們說，我昨天晚上睡得挺好的。」

從小到大，每每要過馬路的時候，姐姐總會習慣性地扣住她的手腕，拉著自家妹妹一起過馬路。直到現在還是如此。

對於這樣的小小舉動，她在過往並沒有多餘的想法，長大以後才明白了，有些人給的不是盛大的一夜狂歡，而是最零碎的朝花夕拾，逾年歷歲，鋪成遍地花開，十里飄香。

姐姐上大學後，基本上每天都會打電話回家，哪怕是期末考週也會留個訊息告知這幾天要讀書。姐姐非常戀家，從很小的時候就顯明了。明明是親姐妹，一和姐姐的「研究所要不要出國之後再決定看看」相比，她抱持著「我非常確定我將來要出國留學」的念頭就相對奇葩了。

她在熬過地獄時期後，參加了學校舉辦的教育旅行——時間點掐得剛好，報名單上還特別註明了「高年級為主」，完全就是為剛考完試的高三生辦的。

到達當地的晚上，姐姐打電話來的時候，她也沒有避諱同寢的好友，直接開了擴音。

說了好一會兒的話，掛斷後好友突然說了一句：「妳沒有

妹妹對吧，所以妳剛剛是在和妳姐姐講電話。」顯然是直述句。

「對啊，是我姐姐。」

「除了她叮嚀妳那些什麼的，聲音啊語氣啊我真的還以為是妹妹。」

後來她和姐姐說起這件事的時候，姐姐一臉得意地說：「她就是說我年輕啊，同學好眼光。」

她笑著無語，不知如何破解自家姐姐的自戀系統。

姐姐很省，每每放假回來，總是要把在外地沒有吃到或喝到的東西補回來。有一回，她趁著母親下班之前打了電話過去：「媽，姐說她想喝木瓜牛奶，我也想喝。」

「好，還有要什麼嗎？」

她想了想，回答：「沒有了。」

母親回家後，姐姐看見桌上的木瓜牛奶，拖鞋踩在地板上噠噠地跑進房去問母親：「怎麼會買木瓜牛奶啊？」

「妹妹說妳要的啊。」這下換母親疑惑了。

「我沒有啊……」

她突然冒出來，手裡已經拿著一杯插好吸管的木瓜牛奶，笑咪咪地說：「其實主要是我自己想喝。」話落，她成功得到母親的笑聲還有姐姐的白眼。

她還記得，年紀較小的時候，總聽旁人抱怨自家的手足

如何討人厭，還未能釐清對於身上流淌著和自己有著相近基因的人的複雜情感，就必須先抱持著要和這個人地相處的心理準備，排除其餘意外，血緣就已經注定了在有生之年會認識這個人、會和這個人熟悉、會和這個人成為親密的家人——所有的遇見，都是時間耗費一生的伏筆。

還未蒼老，他（她）已然比時光深刻。

他們家極其平凡，但他們也同時擁有極其平凡的幸福和歡樂。

那些細瑣的小事不夠偉大、不夠跌宕，更不用說深刻，卻是在以後想起都能回甘的、無可限量的溫暖。

這是家的模樣——因為家裡有自己最親愛的人們。

致我最、最、最親愛的姐姐。

親愛的姐姐，願妳永保一片赤誠，心懷善意。我始終為妳擁護。

有姐姐的妹妹像個寶

對給予自己愛與關懷的家人永遠心懷感激。

光良
〈天堂〉

只要看見你就很好，有你的日子真好。
不怕時光的尖銳，也不怕顛簸的路多麼崎嶇，
你就是歲月裡最柔軟的燦爛。

家裡養了一隻博美狗。

他叫布朗尼，今年已經九歲了。

最早是在爺爺奶奶家養的，記不得是從什麼開始，當時
那隻博美已經有些年紀了，她陪伴了爺爺奶奶好多年的時光，
在她過世之後的不久，父親大抵是擔心爺爺奶奶兩個人住難免
會有些孤單，所以又領了一隻小博美回來，但是小博美在三歲
多的時候走失了，再也尋不著他的影子。

父親或許是習慣了有那個小小的身影整天在眼前晃，畢
竟過去年輕時候，也是看著她長大的，但是考慮到爺爺奶奶年

紀大了，後來領回來的博美就養在自己家裡了。

　　那麼多年過去，第一隻才幾個月大卻因為腸病毒去當天使了，直到第二隻的到來。

　　她還記得，那個時候她才兩三個月大，小小的一團，只占據不到她窩裡的四分之一位置，再長大之後，占據的部分越來越多，心裡那塊柔軟就好像也被熨貼了。

　　然而所有的心跳都被擱淺在那一場意外裡。

　　恍若只是光陰的一瞬，猝不及防地讓所有人都無法置信。那天晚餐後，父親帶著她去附近的公園散步，隔了十多分鐘父親急匆匆地跑回來了……抱著她。

　　「怎麼了？」她的毛上甚至還沾染了血。

　　「她自己掙脫牽繩跑走，結果被車撞了。」父親顧不得自己身上也有血的痕跡，趕著騎車載她去動物醫院救治。

　　她和母親還有姐姐在家裡等著父親的消息，直到父親打電話來，語氣沒有什麼起伏，但任誰都能聽出藏在平靜下的波動：「來看她吧。」

　　他眼睜睜地看著她被車子撞，甚至還被拋飛了一段距離，而她那麼小啊。

　　他不知道自己是怎麼抱起她，再匆匆跑回家的，只記得

連呼吸都停止。

後來她和姐姐也跟著母親去了動物醫院，真的只是看看
她而已，因為她再也不會睜開眼了，她再也看不見他們。在看
到她毫無生氣地躺在治療臺上，頓時有些無法回神，心裡氾濫
出來的太難以言喻，帶著檸檬汁的酸澀，嘴裡卻是黑咖啡的苦
味，像那一年外公過世。眨了眨眼，眼眶再也鎖不住串串熱淚。
　　所有的以為都只是以為，她真的回不來了。

　　她其實一點都不乖巧，她喜歡亂咬東西，她會亂翻垃圾
桶，她還會自己去咬開糖果來吃，她總是隨地亂大小便。她試
圖想起她的壞，好像這樣才足以弭平那席捲而來的悲傷，儘管
知道總有一天會被消化完的。
　　可是她發現，她再怎麼壞，她還是很愛她，這麼多年過
去，她始終記得她。
　　親愛的天使，永遠四歲的妳。

　　沒有沉浸在悲傷裡太久，父親在一個禮拜後領回了一隻
新成員──布朗尼。
　　剛回到家，姐姐發現了早已經收起來的籠子被拿了出
來，籠子很高，上頭還掛了一顆小燈泡，暈黃的燈光籠罩著一
個小小的身軀。

「這是什麼？」還沒有人反應過來時姐姐已經湊過去看了，她認真地看了一會兒，然後咧了咧嘴，滿臉笑意地開口道：「是新成員，應該也是博美。」

家裡從來都是養博美。「應該？」

「因為我覺得他長得好像熊。」姐姐有些糾結。

初來乍到，沒有一點對於陌生環境的不安，他睡得很熟，蜷曲著身子，父親說他才兩個月大，那時候的他，還比一隻成年男人的手掌要小。

一天一天，他們看著他長大。

一天一天，有他的日子真好。

布朗尼學會了上樓，卻不會下樓。

看著樓梯甚至比他還要高，她和姐姐都忍不住開懷大笑。布朗尼睜著濕漉漉的眼看她們，頓時整顆心都軟了，就連語氣都不自覺地放輕，「明天再來練習上下樓梯。」

在練習下樓的時候，總要有個人站在最下一階拍手喊他下來，他會一階一階地慢慢爬，顯得小心翼翼，再一階一階地接近她們，偶爾會停下來看她們，嗚咽地發出聲音。

「快到了！布朗尼，再下來幾階就到了。」

直到最後一階，她終於將布朗尼抱了個滿懷。

迎來了新的一年，忙著大掃除的同時，還得注意著布朗尼的行蹤。

比如……「你為什麼又踩到我拖好的地方啦！」姐姐哀嚎，看著地板上新鮮的腳印，再看罪魁禍首那一臉的無辜，本來想罵些什麼最後卻只是撇了撇嘴，顯得無奈萬分，只得認命地先把拖把放一旁，再把布朗尼帶下樓。

母親抱著布朗尼不讓他亂跑，聽完姐姐的控訴，坐在沙發上笑得東倒西歪。

那年除夕，是布朗尼第一次和我們一起圍爐。一起吃完晚飯，便輪到了小孩子們最喜歡的發紅包時間。

表妹卻突然開口：「我可以給布朗尼紅包嗎？」

姑姑聽見自家女兒的話，本來還以為她是開玩笑的，卻見她很正經地又說了一次，姑姑也沒有拒絕，只是笑笑地給了她一個紅包袋和二十元。

後來紅包袋被一條線綁著，掛在了布朗尼的脖子上。

「布朗尼的新年願望：我想吃很多好吃的。」表妹把這句話寫在布朗尼的紅包袋上。

親愛的布朗尼，願年年都有你和我們一起圍爐，陪你一起長大，再陪你一起變老。

哪怕時光散盡，也願意相信永恆。

布朗尼很喜歡散步，應該說很喜歡出門。

只要有人一開家門，他就一心想衝出去，出門時總得看著他才不會亂跑出家門。有一回，和阿姨一家出門，那天先回家一趟卻發現布朗尼不見了。

布朗尼不見了。

當時聽見這個消息的時候，她沒有哭，只是本來正上揚的嘴角在一瞬間便垮了下來，所有的情緒在頃刻之間被抽離，全世界都像在嘲笑自己剛剛的愉悅不過是不值得的曇花一現。

「家裡真的都找過了，沒有看到他，他一定是跑出去了。」所有人都猜想是不是有人沒有關好門。

本來預計的晚餐行程也被耽擱，就連阿姨一家人也趕緊幫忙在附近尋找。母親和姐姐先去警察局報了警，其他人則分頭繞去附近所有布朗尼可能去的地方，包括他習慣的散步地點。他們繃緊情緒，如墨般的天空像承載著最深重的無奈，讓人幾近崩潰的次次失望。

一路找，一路喊著布朗尼的名字。他認得自己的名字的啊，他要是聽見一定會來的。

可是沒有，哪裡都沒有。

找不到他。

克制的情緒在彈指之間天崩地裂。

——他們忘了一個地方。

隔天一早，她們和母親先去將昨晚做好的尋狗啟示印了幾十張出來。

——他們忘了一個地方。

又再去附近繞一繞看一看有沒有布朗尼的蹤影。

——他們忘了一個地方。

姐姐像是突然想起什麼。「我們忘記去寵物店問問看了。」她說的是附近那間布朗尼常去洗澡剪毛的寵物店。

她的話一出口，那絲幾乎湮滅的希望彷彿又重新燃起了火。

「布朗尼嗎？有，我有看到。」老闆娘很年輕，她一說出口卻看見母親哭了，趕緊遞了幾張衛生紙，頓時有些手忙腳亂地想安慰什麼。她和姐姐卻忍不住笑了，一掃昨晚的陰霾，心情頓時萬里無雲。

老闆娘打趣地說道：「他昨天被抱來這裡，撿到他的女老師說是在附近公園找到他的。我和她也很熟識，知道她很有經驗、家裡養了很多小狗，所以她說她先帶回家照看我沒有反對，她說若等一個月都還沒有人找來，就要領養他了。」老闆娘仔細地將事情的經過轉達給她們，然後再將那位小姐留下的電話號碼和地址交給我們。「去這裡找她就行了，她人很好的，不用擔心昨晚布朗尼在外面流浪。」

那些印好的尋狗啟示作廢了，但幸好。

幸好，幸好你回來了。

「布朗尼。」
本來趴在地上的他聽見呼喊，一顛一顛地跑過來了。

她看著他，趁他還沒有反應時將他抱起。「你以為有吃的啊？先給你洗澡再說。」

他聽見敏感的「洗澡」兩個字，抬頭看她，才發現自己已經逃跑不了，發出嗚咽的聲音，像在向誰求救一樣。

正好經過的姐姐看到布朗尼的模樣，也忍俊不禁。

只要看見你就很好，有你的日子真好。

不怕時光的尖銳，也不怕顛簸的路多麼崎嶇，你就是歲月裡最柔軟的燦爛。

親愛的布朗尼，未來的日子也請多指教。

- - - - - - - - - - -

親愛的布朗尼

隨著寶貝漸長的年紀（今年已經要十五歲啦），會讓人開始感到擔憂與恐懼，儘管知道生命的規律無法逃避。還是真誠地希望，他能再陪我們久一點、再久一點。親愛的寶貝要健康快樂。

Ellie Goulding
〈How Long Will I Love You〉

後來她看著他，開始看不清他逐漸佝僂的身影，

只依稀記得年少時候，他們初次見面，

她含怯的眼不敢看他，他卻朝她微微一笑。

是從什麼時候開始的呢？

當看見父母親隨著時光蒼老的容顏，忽然就平靜不下來了。

姐姐大學的時候，在外縣市讀書，一個月才回家一趟，那時候她還是個賴在家裡的高中生，每天都能看見父母親，所以當時沒能明白，為什麼回一趟家、看見父母，姐姐的眼眶就會紅一次。

那年她高中要畢業，爺爺因為跌倒骨折住了院，因為當時姐姐還在外縣市，所以每每去醫院探望的時候，她總會要求打電話，她說她想和爺爺說說話。

以往姐姐打電話來，爺爺在休息的話，奶奶都把爺爺叫醒說：「你孫女要和你說話。」

爺爺哪怕再睏都會打起精神，耐心笑著聽姐姐講個沒完，偶爾應個幾句。現在也是如此。

最後爺爺休息了，姐姐就開始和奶奶說著話，後來不知道怎麼地說到了她將畢業的事情，姐姐在螢幕那頭和奶奶說：「我大學的畢業典禮你們也要來參加哦。」

奶奶小聲地說了句：「唉，還不知道能不能活到那個時候哩。」

姐姐沒有聽清楚，問奶奶說了些什麼，奶奶卻沒有再多說，只是笑了笑說一定會去。

姐姐沒有聽到，站在一旁的她卻聽到了，整顆心臟像被針扎似的，密密麻麻的疼。

這個世界其實有大半部分是公平的，一個人會有軟肋，卻也同樣可以有鎧甲。

她想起以前曾經看了一本書，裡頭的一個角色，他已經活了很久很久了，他說他已經記不太清千萬年前的事情了。他是一場災難的倖存者，在那場災難裡，他是極為幸運的，因為他活下來了，甚至擁有了更強大的力量，也終於，他永遠都死不了。

一年、兩年、一百年、一千年，甚至一萬年了，他沒有任何親人和朋友，他的生命像是一個無限期的循環，他的名字橫亙了整條歷史長河，始終沒有盡頭。

　　他看著身邊的人一個個老去然後死去，唯他依舊生機蓬勃。

　　他可能會看盡世間百態，度盡每種蒼白的緣劫，他四海為家，已經沒有歸路。

　　她想起自家好友，從國中就認識，一直到高中同班，她是個特別大大咧咧的女孩子，直爽得可愛，總是樂觀得像沒心沒肺似的。

　　那時候班上一個女生和男朋友分手了，和她們幾人哭哭啼啼地說好難過、好心痛，為什麼人生這麼苦之類的話，當時好友聽見，她沒有忍住直接開口罵：「哭哭哭，哭個屁啊！我奶奶上禮拜過世了我都沒有像妳這樣，自以為醉生夢死嗎？妳的人生就這樣了嗎？只會說想死，那妳做什麼還在這裡？夠了，別以為妳的痛苦有多偉大，我告訴妳，擺在生死面前，什麼都不是。」

　　當時她罵傻了那個女生，也嚇傻了其他人，因為好友罵完話突然就哭了。

然後她還想起了那個少年。

他的父母因為工作的關係，經常出差，他又是獨子，幾乎是和他的外公外婆一起度過那些漫長的歲月。他從小的性格就差不多是如此，只是那時候比起現在的他，更愛笑，活脫脫是個陽光少年。

變數發生在他十五歲。

那年的暑假他隻身前往西班牙進修，卻沒有想到這一別，是再也不見。

當時他還在西班牙，他的父母本來想，等到他的課程結束回來再和他說，卻沒想他還是知道了，可是因為父母的要求，他只得等、等到課程結束，才馬不停蹄地趕回紐約。

他不知道怎麼回事，明明在他離開之前都還好好的。明明。

他沒來得及見他外公的最後一面，他面對的只有一罈冰冷冷的骨灰，已經沒有任何餘溫。

椎心的痛、刺骨的疼，始終是跨不過的檻。

他更冷靜了、他更理智了、他更懂得隱忍了、他的笑容淺了——從此不見天真，再無少年。

她記得在很小的時候，姑姑過世了，她那麼年輕，只是

在病痛的面前仍然顯得不堪一擊。所有人都在哭，當時的她還沒有反應過來生死是這麼一回事、還來不及風乾眼淚，所有的悲喜就都塵封於那一個小小的骨灰罈裡。

直到後來的後來，她才明白那是一種多麼壓抑的心情。常常聽人這麼說，活下來的才最痛苦，要承受巨大得難以消化的悲傷，要帶著一輩子的心事繼續活下去。

——可以忍受生離，比起死別。

還是太年輕了吧，生命始終是一個漫長累積的過程。
或許如今的歲數還撐不起談論「人生」。

後來得知外公病重，情況很不樂觀，很可能撐不下去。
「我先去看看外公，如果有任何……消息，你們再和阿姨一家一起過來會合。」在國內的母親和阿姨收到消息之後他們這麼決定，母親就匆匆打包行李飛去紐約了。

其實所有人都懂，所謂的「消息」就是「壞消息」的意思。母親交代了，如果情況樂觀、一切安好，那就別過去了；要是情況不樂觀，那就準備好黑色或白色的衣褲和鞋子。

以往回紐約的心情是愉快的，那是第一次，她對於回紐約產生強烈的排斥念頭。

她已經記不得是多小年紀，只記得那是在姑姑過世後，又一次地面臨生死。

外公的身體狀況早已不如以往，就算心裡早已隱隱約約有預感，但在真正來臨之際，還是難以置信。

他忘記了他說過的話，忘記了他自己是誰，忘記了結髮多年的妻子，也忘記了他的所有家人。

那是一個基督教的殯儀館，裝潢得像飯店的豪華壯麗，在一種詭異的莊嚴裡塞滿難掩的悲戚，和肅穆裡附帶的沉重。來到這裡，全身的神經都似戒備般地緊繃，步伐不自覺地放輕，連呼吸都小心翼翼。

在那裡待了一個禮拜。一間房裡頭就是一座小型的教堂，幾乎一應俱全了，還有一個小房間，是個休息室，有沙發、有電視、有桌子甚至還有衛浴設備。

唯一不同的是靈堂的最前頭，擺放了一副棺材。

躺在裡頭的人，周身放滿了鮮花，他穿得一身帥氣，面目安詳，依舊鮮活。

她總是看見外婆坐在那裡整個下午，默默流淚，再虔誠地合著掌禱告。才多少天，外婆的頭髮又白了許多。

再等等吧、再等等，他肯定會醒來的，外公只是、只是睡太久了而已。

不會有事的，是吧？

那天，一樣是在殯儀館裡，所有人都跪在地上、含著淚，眼睜睜地看著那副棺材被推進火化場，門再次闔上，從此不見天日。

　　情緒在一瞬間潰堤。她哭得聲嘶力竭，直到旁邊也哭得滿面的姐姐把她拉起來。

　　直到這一刻，那些拙劣的謊言再也騙不了任何人，才真正意識到，外公是真的、不會再回來了。

　　她再清楚不過了。

　　再也沒有人，牽著他們的手說：「等下我帶你們去吃想吃的漢堡和薯條。」

　　再也沒有人，陪他們坐在庭院裡，曬一整個早上的晨光。

　　再也沒有人，讓他們坐在自己的腿上，唸一整個下午的童話故事。

　　再也沒有人，用那雙蒼白無力的手，推著自己的輪椅靠近，只為摸摸他們的頭。

　　再也沒有人，再也沒有他。

　　嘿、我親愛的外公，不是說好了，要帶我們去一次那個新開的遊樂園嗎？

後來沒有了童話故事，變成了外婆給他們說她和外公的故事。

說起和外公的事，外婆的眉眼裡都含笑，只是逐漸加深的皺紋卻夾著斂不去的哀愁。

「那個時候啊，你們外公……」

她的臉龐都刻上了歲月的痕跡，他的眉眼也染上了風霜，他們就要被時間剝奪走剩下的風華，他們的記憶開始潮濕，開始有了縫隙，那些幾不可見的裂痕逐漸崩解，或許時光一老，他們就會忘了彼此。

他們終有一天會忘了彼此。

後來她看著他，開始看不清他逐漸佝僂的身影，只依稀記得年少時候，他們初次見面，她含怯的眼不敢看他，他卻朝她微微一笑。

少年，你可願做我的良人？
姑娘，妳已成我的心上人。

昇平早奏，韶華好，行樂何妨。願此生終老溫柔，白雲不羨仙鄉。

長情不問朝夕、不爭日月，萬代千秋，只願執你情深，伴我餘生。

　　有生之年，我都陪你一起。

- - - - - - - - - -

我想陪你溫柔終老

　　時間真實得過於殘忍，有時候卻也渴望能夠是場謊言。

五月天
〈生命有一種絕對〉

一切都循著既定的生命法則，
所有人的故事早已經被刻劃在掌紋裡，
流進命運的血脈，未曾步步生蓮，
卻已淚流滿面。

　　他坐在病房外的椅子上，紅著眼眶、眼睛甚至還帶了些血絲，有些疲憊地將整張臉埋進雙手裡，想起下午的事仍有些恍惚。

　　那個他照顧了兩個多禮拜的老爺爺，在下午的時候因為情況突然惡化，後來沒有搶救成功，離開了人世。

　　他記起剛進醫院當實習生時，帶他的學姐聽說他選擇讀護理的緣由，只是輕輕地笑了笑，卻略帶哀愁地嘆了口氣，說面對一次次的生死，人只會越來越麻木。當時的他很肯定地說

絕對不會。

他只是害怕……害怕在時間的潛移默化下，自己的初衷變得面目全非。

他的選擇不是意外。當年升學時的校系選擇，他其實考慮了很久，在家人的期待和自身的渴望之間搖擺不定，後來他的家人終於被說服，他才得以走到這裡。

或許別人不清楚他毅然決然選擇讀護理的原因，但他自己其實知道，這樣的選擇和過往閱讀的那些書以及高一暑假參加的國際志工有關。

讓他下定決心的，是什麼？大概是他遇見了一群天使，看到那一雙雙清澈乾淨的眼。

當年他參加的團隊是去偏遠地區的學校，看著那一張張純樸稚嫩的臉龐，看著那些孩子們對於求知的渴望眼神還有腳下已經七洞八孔的鞋，他莫名有些心酸。

他知道，他並沒有多偉大，哪怕他懷著滿腔熱血，但他那時根本還沒有足夠的能力。

他抬起頭，直愣愣地盯著走廊的白色天花板，他才忽然想起自己第一次紅了眼，是在實習時。

當時新生兒的加護病房中，有一「個」出生二十多週的

雙胞胎，本該是一對小姐妹，但是雙胞胎之中的妹妹在出生一週就過世了。

雙胞胎姐妹的父親，披著一身風塵匆匆趕來，明明已經紅了眼，卻依舊站得如松樹般挺拔，對著醫護人員道：「謝謝你們，至少……至少我見過她了。」提起自家小女兒，他的神情變得柔軟。

他設想了許多當聽聞此訊的家長會有的反應，唯獨沒有想過會是如此。他看著那位父親攬著妻子走遠的背影，眼角的溫熱終於落下。

後來，在兒科實習時，一位母親把生病的孩子留在病房裡，走出醫院抽菸。直到他進去病房後，才知道原來孩子已經自己一個人待了兩個多小時了。他正轉身離開要去找家長，才五歲多的小妹妹卻拉住他的衣角，雙眼濕漉漉地看著他：「哥哥沒關係的，媽媽累。」

「嗯。」他牽強地笑，摸了摸孩子的頭，抿緊了唇卻還是沒有再多說什麼。

有一回，他照顧的阿姨是帕金森氏症病人，那時候阿姨六十多歲，瘦瘦小小的，戴著細框的老花眼鏡，看起來精明幹練，而走路是標準的前屈姿勢。

大抵是因為工作的影響，她已經習慣了撲克臉，幾乎無

法有別的表情，造就了起床照鏡子就是一整天心情差的開始。

　　阿姨過去都住在美國，是一家大銀行的電腦工程師，除了事業上的成就，她還有一個很美滿的家庭，有愛她的丈夫、有為的兒子、貼心的媳婦，以及可愛的孫女，生活是絕對的愜意與幸福。

　　一切都很好，直到後來罹患帕金森氏症，於是和丈夫回國治療，由於長年都待在國外，在國內並沒有留任何房產，於是就住在養生村裡，治療期間時常往返醫院和養生村。

　　平時阿姨給他的印象是嚴肅，也不太搭理自己，尷尬是必然的，他性格使然，好脾氣的他面對如此情況也只是笑笑地摸摸鼻子，每天依舊耐心地為阿姨做例行檢查。

　　後來關係緩和的轉折點，是因為他恰巧碰上了阿姨過了藥效後的顫抖——她使用口服藥物治療，但藥效過了之後會有嚴重的四肢顫抖。他幫著阿姨倒水、餵藥，並輕輕握住她的手，也許是感到失了面子，阿姨沒有說話，卻還是掉了幾滴眼淚。

　　但之後，阿姨明顯沒有那麼排斥他了。

　　沒過多久，她的丈夫就來了，大概七十歲的模樣，很高、整個人看起來很健朗，總是一身格子襯衫搭配卡其色長褲，還戴著一頂貝雷帽。包括他的穿著以及言行舉止，很顯然是一個

長年居住在國外的人。和阿姨的撲克臉相反，他的笑紋很深，藹然可親。

老先生有一次偷偷和他說：「別看她現在這樣，在美國的時候她真的很開朗、工作也很厲害，希望你多包容她，她自己⋯⋯也不想這樣的。」

看到自己的妻子變得鬱鬱寡歡，老先生說他也很難過。

他忽然想起，阿姨曾和他說過的那些不安和惶惑，心臟只覺得一陣緊縮。

「我生這個病已經很多年了，可是我一生都沒有做過壞事啊，為什麼要懲罰我？」

「每次吃藥都像在吸毒品一樣，可是不吃不行，不然更嚴重就得吃更多的藥了。」

「我不想這樣，真的，相信我。我想好好生活，我想在美國的兒子、媳婦、孫女⋯⋯」

我不想這樣的。

阿姨已經回國治療將近兩年了，只有丈夫陪著她留在國內，兒子和媳婦總是忙得抽不出空回國看她。偶爾的視訊，對於當年還不滿週歲的自家孫女，幾年時光不見，小孩子已經記不太得自己的奶奶了。

阿姨看著螢幕那頭的兒子一家三口，儘管對於孫女已經

記不得自己的這一事實感到有些心酸和難過，卻還是忍不住破涕為笑。同站在一旁的他說：「雖然我在這裡，但已經沒有關係了，至少我還能看到他們啊。等這個小可愛長大一些，就不會忘記我了。」小可愛指的是她的孫女。

他的心頭一時湧上太多複雜的情緒，看著阿姨的笑顏，他扯了扯嘴角，卻沒有笑。

對於生老病死，誰也無能為力，他也是，總歸是有心卻無力。

一切都循著既定的生命法則，所有人的故事早已經被刻劃在掌紋裡，流進命運的血脈，未曾步步生蓮，卻已淚流滿面。

從當初的不忍心，他現在已經能笑著說沒事了。

真的，沒有什麼，只是、只是還是會難過。

他曾在金柏莉·史密斯的《越過黑暗的護照：揭露蘇丹孤兒的真實苦境》（*Passport Through Darkness: A True Story of Danger and Second Chances*）上看過一段話：「只有從未深嘗過苦難的人，才會陷入自憐，而自憐讓我們總覺得自己在受苦。」

他知道，對於生命的不公平，他已經太幸運。

關於物質和金錢的追求、煩惱三餐要選擇吃什麼、明天又要忙碌了，對於某些人們來說，這些煩惱和憂慮都是在求得

生命的安全與穩健之後才能夠擁有的。

　　那樣的日子離他們的生活太遠了，連想像都無法，也不敢想像。

　　後來，在工作滿五年後的幾天，他離職了。

　　他打算當國際醫療志工——他要去做他人生中，對於自己來說，有意義的事。

　　直到他終於得到父母的同意，他的父親笑著和他說：「去吧，有人需要你。」

　　他也笑了，語氣很輕，話裡的深重是對生命最大的尊重：「是我需要他們。」

　　是他需要他們——那些匆匆過客，都讓他生命得以有了不同的意義。

　　心之所向，他走在自己選擇的道路上，抱著無限熱忱，就連視野都遼闊了，擁有的是他人看不見的絕世風光。

　　他想起曾經在網上看過的一句話：「心懷所愛，便一路高歌前行。」

　　他正走在路上，總不算辜負。

向光天使

謝謝朋友和我分享了他所擁有的這些寶貴經歷。正是因為擁有一顆柔軟的真心，才使他甘願成為為他人庇蔭的參天大樹。

TANK
〈專屬天使〉

你知道的，哪怕世界黯淡無光，
我願意陪你走一條昭然若揭的歸途。
你是我尚未熄滅的陽光。
我給妳一個家，我們說好了。

2009/11/17
當我的絕望從這裡開始蔓延。

她是一個什麼樣的人？

她是一個心思細膩、甚至有些多愁善感的女生。這樣的
年紀太過敏感，連陌生人一個不經意的側目，都會覺得對方的
眼神別有深意。

從小就體弱多病的她，幾次想參與學校活動都因病缺
席，儘管沒有人指責她的不合群，但多次的缺席讓她越來越與

群體脫軌。也因為如此，她總覺得自己和別人有所不同，久而久之就變得害怕上學、害怕交際，而他人的灑脫，她學不來。

「妳明天會來學校嗎？」

「妳記得我們歷史課還有一個分組報告嗎？我們什麼時候要約出來討論啊？」

「妳知道最近很紅的電視劇嗎？男主角真的很帥啊！」

「我放學要去買東西，妳要不要和我一起去？」

她還是會害怕他人給予的善意和溫暖。

2010/03/09

我的日記越來越多空白，日子還在過，但我越來越難過。

她知道自己不應該如此。

但她無法受控，沒有人能夠接受這樣的她，每當她想和家人提起自己的狀況，家人總是會罵她一頓，讓她別亂說話。她不知道他們是不願意相信她，還是不能接受自己女兒的精神狀況異於常人。

她的母親總會莫名其妙地就生她的氣，幾乎是習慣性地遷怒於她，甚至偶爾還會對她動手動腳，說：「我為什麼要把

妳生下來，妳就是個拖油瓶。」

　　一瞬間，湧上的情緒從四面八方破土而出，再極力假裝的平波無瀾也出現裂痕，延伸至心口上最纖細敏感的神經，如同海嘯席捲而來，心裡的最陰暗面被滂沱大雨沖刷掉上頭的保護色，毫無保留地、赤裸裸地曝曬在光明底下。

　　她知道自己生了心理的病──最陰鬱的陽光。

　　比起社交活動，對於她來說，唯有一個人在病房裡安靜地閱讀才是她最快樂的時光──只有那樣，她才覺得自己並不孤獨。

　　「書」幾乎成為她的靈魂伴侶，直到後來的後來，閱讀不再只是閱讀──她的夢想是成為作家。

　　她告訴自己，她要成為一個能讓孤單的人也能感受到溫暖的文字創作者。

　　是的，她要成為這樣的人。因為她非常清楚，當初的孤寂多麼痛徹心扉。

2010/06/03
　我遇見了一個人，從天而降，我想他大概是天使。

她談了人生的第一場戀愛。

「妳好？」眼前人朝著她笑，瞳孔裡是一片清澈明朗。

「你、你好。」她幾乎是慣性地恐懼人群和社交，她有些結巴。

她卻沒有想過會有這麼一個少年，從此成為她荒蕪歲月的一路華光。

是他途經她的陰鬱正好盛放的時期，他就這麼不經意闖進她的灰暗，贈予她光芒萬丈的大好時光。

如果說她心裡最大的柵欄是「自尊心」，那麼她願意為了他義無反顧。

她的感情溫和甚至內斂，但全世界都知道她對他的張揚。

對於她來說，他就是她曾經無從獲得的溫暖。

2010/10/19

他說我是天使。

她和他相差了三歲半。

有一次她問：「你不是說你不喜歡小女孩嗎？」

「但妳可以是唯一的例外。」他摸了摸她的頭，眼底的

笑意綿延，讓她不自覺地紅了臉。

他們相遇、相識、相知、相愛，他們各有各的不同，都不完整，但她願意相信顛簸後的平穩是他──他們走成了彼此的圓。

她想，世界的仁慈在於，人們總會在絕望的轉角遇見一個人，他的影子被拉得斜長、被陽光烘暖，他會擁抱自己，然後和自己說，我來接你回家了。

「閉上眼睛，苦難之後，我帶你走。」

他知道她心裡最深的傷。

不只家庭因素，還有太多太多，包括學校、朋友，現在的她已經不如以往地信任誰了。

「我被趕出家過，後來是我要自殘以死相逼，才有些好轉的。」她笑得清淡，眼裡卻全是未曾痊癒的傷。

「等妳大學可以搬出來，我們一起住。」他以滿是鄭重的語氣說。「我給妳一個家。」

我給妳一個家，我們說好了。那些妳沒有的，我都給妳。

2011/02/14
我很喜歡他，還能更喜歡。

因為遠距離的關係，兩人見面的次數並不頻繁。

　　有一年的情人節，他們約好了見面，她在車站引領而望，等著那個朝思暮想的身影出現。她想過無數種兩人相見的場景，直到他站在她面前，很簡單的白衣黑褲，她才發現那些猜想都不重要了。

　　就是看著他，連雨季都無比美好。

　　他們先去遊樂園附近看了早場電影，他順著她的口味，就選了部愛情文藝片。

　　沒過多久，電影就開始了，時間在跳動的畫面裡流逝，似乎所有人都已隨著劇情進入情緒，不過從開始到現在的半小時以來，對他來說，最惹他注目的不是正在放映的電影，而是身旁人的目光。

　　「怎麼了？」他的身子傾向她的方向，低聲問道。

　　「呃，沒有。」像是做錯事被抓包的孩子，她心虛地飄開眼神。

　　直到電影結束，兩人攜手走出放映廳，他輕揚唇角，突然開口：「電影好看嗎？」

　　她琢磨著該怎麼說比較好，想了想還是硬著頭皮點頭說：「我覺得不錯。」

她總不好說，其實整場電影她都在看他，結果什麼劇情也看不進去。

　　趕著電影結束、遊樂園的入場時間，還沒進園，他們就先看到了遠遠的那座摩天輪。

　　他拉住了她的手，示意她往摩天輪的方向看，「我們晚點去坐那個吧？」

　　「好啊。」她應了一聲，視線隨即被另一頭的旋轉木馬吸引，拉著他就往那個方向跑。

　　人潮洶湧，他們排隊排了二十多分鐘才輪到，兩人各別選了一匹木馬，位置是她在前、他在後。男生笑意朗朗，拿出手機拍了幾張她的身影，還有一張正逢她轉過頭朝著他笑的瞬間，喀嚓一聲，恰好地被定格成一幅風景。

　　照片裡的人兒笑如驕陽，他看著照片有些忍俊不禁，再抬頭看了坐在前頭的她，心裡最柔軟的部分頓時熨貼了——多好，如果她從來都不懂憂愁。

　　坐完旋轉木馬後，她拉著他東跑西跑，兩個人玩了好幾項遊樂設施，直到傍晚，他們才排上摩天輪。

　　摩天輪緩慢地升高，她才想到有些不對勁，她完全忘記自己怕高了。

　　她不斷地深呼吸，坐在她對面的他看著她的舉動，忍不

住蹙了蹙眉頭，竄進腦海裡的是「懼高症」三個字。

「妳有沒有聽過關於摩天輪的傳說？」他伸手握住她的手，不多說或多問什麼，只是想試著轉移她的注意力。

結果似乎奏效了，她好奇地抬頭。「什麼傳說？」

「聽說當摩天輪達到最高點時，如果與戀人親吻……就會永遠在一起。」

華燈初上，從摩天輪看出去，整座城市的景致一覽無遺。

她從點點燈火裡，看見最美的煙花，綻放在他的眼底。

2013/09/25
我想我正在變好，為自己、也為他。

她和家裡的關係已經平衡了，不到像朋友那樣，至少能夠好好相處了。

其實她知道大部分的安全感並不是家庭或是朋友給的，而是他。

她想，最幸運的不過是，有人替她心疼自己。

晚上的時候，他打了通電話給紀念。長久的日子以來，他已經摸透她的習慣，比如說她一定要聽見一聲「晚安」才肯掛電話。

「等一下。」她突然喊住他，捨不得掛掉握在手裡的電話，那是最令她心安的聲音。

「怎麼了？又捨不得睡覺了？」

「我只是想說……」她頓了頓，說到後面幾個字幾乎像消音似地沒了聲音。

「我也是。」他笑了，他知道她想說的話，語氣登時軟了下來。「晚安。」

「晚安。」

她知道，是他讓她學會了用溫柔的眼光，去看待這個不太溫柔的世界。

她想起他曾經說：「宮崎駿的動畫裡，有一句話說：『就是因為你不好，才要留在你身邊，給你幸福 。』妳有沒有聽過？」

她當然聽過，因為她也聽過宮崎駿動畫裡的一句話：「無論你經歷了什麼苦難，總有一個人的出現，讓你原諒上天對你所有的刁難。」

你知道的，哪怕世界黯淡無光，我願意陪你走一條昭然若揭的歸途。

你是我尚未熄滅的陽光。

2016/08/11

　我是她喜歡的人，這本日記的主人不會再寫下去了，因為她有我了。

- - - - - - - - - -

You Are My Sunshine

這篇的主人翁是我的好朋友，也是她自己所選的歌。真是太好了，看見現在的她依然幸福著。

郭靜
〈我們都能幸福著〉

後來走的人都把你的痕跡踩得太乾淨，
時間總會把刻骨銘心稀釋成雲淡風輕。
你帶著你的天涯去了誰的海角，
誰的都好，你好就好。

　　高一那年的暑假，補習班依舊人滿為患，為高二的課程做準備。

　　她走進教室，盛夏的炎熱被隔絕在外。教室裡大多數人穿的都是便服，環顧一周，她很快地找到朝著她揮手的友人，已經替她占了一個聽課的好位置。

　　她走到位置上就要坐下，餘光瞥見一個面生的男生坐在她的正後方，看起來高高瘦瘦的，他低垂著頭，只見他手上的筆不停地在作業本上寫寫畫畫，天花板上的日光燈不偏不倚地

打在他的臉上，面目蒙上了一層陰影，輪廓顯得柔軟許多。

她是這樣認識他的。

「他是誰啊新來的嗎？坐我後面那個。」她用眼神示意鄰座的友人，小聲地問道。

「是剛來的沒錯，他和我們同校，上一堂課妳沒來正好錯過了。」

原來同校，她暗自記下。

她藏在桌下的手機，手指鬼使神差地在搜尋欄上打和友人問來的他的名字，搜尋到了他的社群網站。滑著他的貼文和分享的動態，她像是忽然發現了個天大的驚喜——原來他們有共同的偶像。

後來她開始注意他，發現每次來補習班他永遠都坐在同一個位置上。趁著一次的衝動她和他說上了話，不出她所料，他幾乎算是一個寡言的人，但只要提起他感興趣的話題，話匣子就會瞬間開啟，彷彿終於遇見知心人，眼裡總會含著些許激動和笑意。

尤其當他提起他喜歡的女生時。

原來他是這樣，原來這就是當他提起喜歡的對象時，他的模樣。

高二分班，她和他成了同班同學。

因為補習班的關係早已熟悉的他們，在同班之後，完全變成了無話不談的好朋友。

她和他擁有共同的偶像，她知道他的冷靜表面下的其他面貌，他知道她最喜歡喝的飲料口味，他們擁有太多太多共同的秘密。

當他人問起她和他是什麼關係？所有人都以為他們在一起了。身為當事人的他們聽到只是笑著說：「怎麼可能，誰看過好朋友在一起的啊。」

是啊，好朋友。

他的名字在筆記本的一頁被重複書寫，娟秀的字跡不難看出書寫者對於這兩個字的珍視，連最不起眼的角落也被他的名字占據。

滿滿的，都是他的名字。

她想起他總是開玩笑地說：「妳可別喜歡上我啊，我有喜歡的人了，我不會喜歡妳。」

是啊，他們怎麼可能在一起。她自嘲地笑了笑。

心裡的冷意鋪天蓋地，連那經過多少時日才敢小心翼翼地萌芽的悸動也在無聲無息之中消弭了。

但後來他還是知道了，哪怕她把那點心思藏得再深。

有時候是這樣吧，若不是兩情相悅，再怎麼樣的喜歡都只會是負擔。

　　他開始疏遠她，他們開始搭不上話，連眼神都不再有交集。她沒有去解釋，應該說根本沒有機會去解釋，也不敢去解釋。

　　她只得眼睜睜地看著他淡出自己的世界，恍若不曾來過。

　　幾天後，他喜歡的女生被老師誤會，但那個女生不解釋，卻在事後哭得泣不成聲。看著那個女生如此，她無法理解。她和友人討論起這件事，她很想問那個女生：「為什麼被誤會不去解釋，非得讓自己落得這田地，明明還有轉圜的餘地啊。」

　　後來他還是知道了。哪怕她認為自己只是就事論事。

　　她沒有那麼多彎彎繞繞的想法，坦率而直白，而過往總被他稱讚的優點此刻卻成了他全盤否定她的把柄。他認為她是故意這樣說他喜歡的女生，他說她是因為嫉妒，妄自揣測她的無心話語。

　　他討厭自己了——她清楚地意識到這一點。

　　他喜歡的她終究是天上星，她卻還算不上是地上沙。

　　她沒有去辯駁隻字片語，只在沉默裡兀自心傷。

她知道，哪怕把話說開，他們也回不去了。

熬過升學，終於等到放榜，她去了補習班，想詢問選填志願的事情，不太恰好的是當時老師們都在忙，她只得自己先慢慢翻找著資料。

「妳是高三生嗎？我看妳在看申請的資料。」身後傳來陌生的聲音。

她詫異地回過頭，看見了他。

那個他是這樣的人。

那天陽光正好，他的聲音在她的身後響起，像穿過時間的跨度那般遙遠，同時卻也那麼靠近。他穿了件很簡單的白色T恤，搭配著刷白牛仔褲和一雙全白的布鞋，揹了個後背包，逕自朝著她笑，整個人顯得陽光朝氣。

她和他聊了整個下午，他憑著過往的經驗，和她說了很多關於升學的有用資訊，也給了她許多意見。從他口中也知道了他在哪裡讀書、知道了他比她大一屆⋯⋯

她原本單純地以為，兩人的交集也就是這樣而已了，直到後來幾次又在補習班碰見，才輾轉得到他的聯絡方式。

儘管他只比她大一歲，但她總把他當成前輩，跳脫升學的問題，他們也可以從天南聊到地北，幾乎沒有隔閡似地，沒

有多久時間就成了無話不說的好朋友。

　　後來她沒有選填志願，而是選擇等到七月分再考一次。

　　他們還是有在聯絡，當他得知她的決定後，也熱心地提醒她應該注意的事項和準備考試的方法等等。

　　直到一次的連假，他從學校回來，她猶豫了很久也忐忑了很久，才鼓起勇氣問他：「這週末你能陪我一起去挑參考書嗎？」

　　「好啊，我去接妳。」在電話那頭，他答應了。

　　那個他是這樣的人。

　　她清楚他的優秀不是只在於成績，更多的是體現在他平時最微不足道的舉動裡。

　　比如說，他總讓她走在馬路內側，比如說他在買完參考書結帳完先她一步拎起裝滿書的袋子。比如說，在她坐上他的後座時總會記得問她坐穩了沒有，比如說他把他之前的升學資料都特地找出來給她，比如說還有很多很多，那些想起來，足以讓她微笑的細節。

　　這樣的他啊。

　　隔了幾週，他因為有事要處理所以又回來了。一聽他要回來的消息，她心跳頓時漏了半拍，有些激動，她知道自己期

望見到他。

她想見他，只是無論在電話裡聊了些什麼，「我想見你」這四個字始終如鯁在喉。

深吸了口氣，她卻說了個毫無相關的事：「我明天打算去補習班做題目。」話剛落，她頓時感到懊惱。搞什麼啊，自己到底在說什麼東西。

「那好，我明天也去一趟補習班好了，好久沒見到老師了。」他說。

她感覺心裡有一部分的柔軟突然陷落——可以見到他了。

隔天一早去了補習班，她特地選了門邊的位置，一邊做題目、一邊留意他來了沒有。在每一次望向門口時反反覆覆地期待，在沒看見他的身影時反反覆覆地失望，如同在樂園憑自身的運氣玩抽獎，心情起伏大得像在坐雲霄飛車似的。

又一次聽見開門聲，她抱持著「抽中大獎的也不會是我」的消極心態沒有再抬頭——沒有人知道在這之前她已經因為聽到開門聲而抬頭不下十多次，同時也失落了十多次。

直到她在出神之間再次抬頭，看見站在門口的人，瞬間回神才意識到自己的窘迫和慌亂。

她不知道他站在那裡多久了，更不知道他看著自己多久了。

今天他穿的是一件稍微正式的淺藍色襯衫，揹了她第一次見到他時揹的背包，他正看著她，目光深深，身形玉立，在她的視線裡自成一幅風景。

你穿襯衫的樣子真好看——我好像喜歡你。

她愣愣地看著他朝著自己的位置走來，像慢動作似的電影，她幾乎能聽見自己的心跳聲。

如果說現在有人問她，喜歡一個人是什麼感覺？

她想她會這樣說：「大概就是他朝著自己走來，就像全世界都被我擁入懷中。」

終於等到你。

一晃眼間她想起了曾經的另一個他，想起好久以前他們終於不再是彼此的誰了。

她現在忽然很想去找他，大聲告訴他：「我有喜歡的人了。你真的可以放心，我已經不喜歡你了。」

那個曾經給她朦朧悸動的少年，他們注定擁有各自的風景。

後來走的人都把你的痕跡踩得太乾淨，時間總會把刻骨銘心稀釋成雲淡風輕。

你帶著你的天涯去了誰的海角，誰的都好，你好就好。

那是一個什麼樣的年紀。

青春的軌道上人來人往，那時候心還太大，不急著把已經離開的人從記憶裡清除，固執地堅守每一次的深刻，用力地擁抱每一個走失的靈魂，認真地分辨每一個像他的背影。

曾經藏在風裡的情話已經去流浪了，幸好回來時，風也將他帶來了。

他帶著他的天涯來了她的海角。

你帶著你的天涯來了我的海角

有時候不怎麼相信命運這回事，但偶爾又讓人不得不相信——原來所有的遇見與錯過都是有意義的。

流年和光同塵

紀則然

王貳浪
〈暗戀是一首按了靜音的歌〉

01

　　某個普通的週六，蔣慕楠邀請了自己的好夥伴們來家裡一起寫作業和趕報告。

　　蔣慕楠和夥伴們窩在書房聚精會神地讀書及寫作業之時，書房的門就被敲響了，門外是沈圖舟的聲音：「千千，可以進來嗎？」

　　蔣慕楠一下子從椅子上彈起，高聲說道：「進來、進來，門沒鎖。」

　　沈圖舟推門而入，順勢和其他三人打了聲招呼。上次他回來，早已見過蔣慕楠的這三個朋友，完全不存在不認識或是會感到尷尬的問題。

　　跟在他身後進入的是沈容川，今天他沒有事，便跟著弟弟來串門子。

　　而和沈圖舟不同的是，他從來沒見過蔣慕楠的這三個朋友。

　　沒等他先打招呼，一道詫異的聲音先開了頭：「是你？」

　　沈容川看向說話的人，同樣詫異的眼裡浸上一絲笑意。「是我，真巧。」

　　紀則然完全沒有想到會在好友蔣慕楠的家裡碰見沈容川。他是見過蔣慕楠的男朋友沈圖舟的，可是他並不知道沈容

川正好是沈圖舟的哥哥。

世界真小啊。他不由得在心裡暗自感嘆。

蔣慕楠的目光在兩人之間來回掃視，有些不明所以。
「咦，你們認識？」

「他經常光顧我打工的咖啡店。」回答的是紀則然。

這確實是他們認識的機遇。

紀則然清晰地記得兩人的初次見面。

是在三個月前，他剛入職咖啡廳不久，便開始對一些熟客的面孔有了印象。不是多有名氣的連鎖咖啡店，更像是擁有獨家特色的自營咖啡坊。因此，慕名而來的客人也有，但撐起營業額的更多是那些時常光顧的忠實顧客。

而沈容川正是咖啡店的熟客之一。

他們其實並沒有多少交流，僅僅是維持著生疏客套的員工與顧客之間該有的關係，偶爾的尋常問候已然足夠。

可是不知道是從什麼時候開始，他竟然開始珍惜起見到他的每一面，真心實意地盼望著他的再次到來，而當時他們甚至都不知道彼此的姓名。

不清楚該怎麼形容，這也是他第一次擁有這種心情。

也不敢承認。

紀則然只要苦惱就會忍不住做些什麼，比如在解不開題的時候不停轉筆。這個行為其實並沒有給他人造成什麼困擾，其他三人仍然聚精會神地寫著自己的題目，卻是引來了閒來無事的沈容川的注意。

　　沈容川湊到他身邊，看清令眼前人為難的題目和紀則然先前寫下的公式以後，很快明白了對方卡住的癥結點。

　　「借我枝筆。」他一邊輕聲解釋，一邊寫下他的解題思路。

　　紀則然這才彷彿恍然大悟一般，「原來是這樣，我一直沒有想到是要先用這個公式……」他抬頭，猛地意識到兩人之間的距離似乎太近，正準備說出的感謝的話就這樣卡在了喉間。

　　沈容川沒有後退，更沒有察覺紀則然的異樣，只是疑惑對方未完的語句。「怎麼了？」

　　「沒事……就是謝謝你。」

　　沈容川笑了笑，「有什麼不會的問題不用憋著，今天我和圖舟就是被你們千千拉來當家教的。有任何問題都可以問我們，我們會盡量幫你們解答。」語畢，他開玩笑道：「一道問題算你們五十元就行。」

　　在一旁聽見全程對話的薛楚亦誇張地驚呼，「哎呀！那我這些不會的題目還是空著吧，實在付不起啊。」

葉思卓瞥了一眼薛楚亦的練習卷，噗哧笑了出聲，「確實付不起，但說不定你可以賒帳。」

　　「讓我看看你不會的題目？」玩笑歸玩笑，沈容川是真心打算幫忙解惑的。作為大學生的他平時也有兼職家教，學生正好是蔣慕楠幾人這個年齡層的，輔導作業自然不在話下。

　　時間在一張張練習卷和複習講義的翻閱之間流淌過去。

　　紀則然故意留了好幾道看起來較為困難的題，於是有了絕對完美且正當的理由留住沈容川的目光和注意力。

　　他為自己這種隱秘的私心感到難為情，但更多的是喜悅。

　　真好啊，和沈容川的關係似乎因此更靠近了一些。

02

　　又是一週過去。

　　早早完成作業和複習完課程，終於放鬆的蔣慕楠躺在床上回覆訊息的時候，又有一條新訊息傳來。

　　她點開，是紀則然傳來的訊息：「妳有妳男朋友哥哥的電話號碼嗎？他有東西落在我打工的咖啡廳了。」

　　沈容川？蔣慕楠手指在螢幕上點按著：「有啊，等等我把號碼發給你。」她的手指在發送鍵上停住，刪除剛剛打好的

字串，重新輸入：「要不要我直接幫你和他說？」

另一邊的紀則然收到蔣慕楠的回覆時頓了頓，他明白好
友的體貼與好意，但他總不能承認其實是他想獲得沈容川的聯
繫方式，才這樣問出口的。

沈容川確實是落了東西在他們店裡，他其實可以等到對
方下次光顧時再拿給他，但他想……或許是個好機會。於是他
找上了與沈家相熟的蔣慕楠。

可是他似乎沒有拒絕蔣慕楠的提議的好理由。

他逐字打上訊息框：「好，跟他說隨時來拿都可以。」

紀則然在傳送出訊息以後，便收拾好自己的東西，和同
事們一一道別，啟程回家了。

* * *

「謝謝你啊，還幫我把東西保管好。」

沈容川在得知消息的隔兩天，便抽空來了紀則然打工的
咖啡店。

紀則然將東西交還給他，順口問了句：「要喝杯咖啡

嗎？」

　　沈容川看了下掛在牆上的時鐘，想著距離和朋友們晚上的聚會還有些時間，便答應道：「好，來杯美式吧，一樣不加糖不加奶，謝謝。」

　　「不過你怎麼不直接聯繫我？還麻煩千千。」沈容川如此自然地脫口而出這般好似他們兩人已經極為熟悉的話語，令他忍不住愣住。

　　沈容川該不會以為他們有彼此的聯繫方式。

　　「可是我沒有你的聯繫方式。」

　　沈容川這才想起確實沒有交換過聯繫方式，於是他掏出手機，「那我們交換一下？這樣方便點。」

　　手機裡有了沈容川的電話號碼以後，紀則然有一瞬感覺不真實。

　　他說方便點……方便什麼呢？紀則然不免多想。

　　將沈容川的美式遞給他，聽見對方突然這麼問道：「聽千千說，你最近要過生日了？」

　　紀則然點頭，「對，就是下週五。」

　　時間過得真快啊，高中眨眼間已經過了大半。

　　「這樣……你那天還有沒有空？我請你吃頓飯，一起慶

祝你生日。」

送走了沈容川以後，紀則然還有些恍惚。只要一碰到與沈容川有關的事情，他就容易變得糊塗，今天發生的事情，包括交換電話號碼和邀約慶祝生日，這些都讓他感到受寵若驚。

像是一場過於真實的夢。

紀則然結束了今天的打工，揣著滿心的惶惑與喜悅從咖啡店回家，卻沒有想到，一進家門便聽見了令他感到不愉快的談話內容。

是他父母的聲音。

「實在太可惜了，那孩子挺好看的，怎麼就……」

「是啊，不只孫揚那孩子，我還聽說晉言的小女兒也是這樣呢……」

什麼東西？

紀則然蹙了蹙眉，走到客廳才確確實實地聽見父母談論的話題是什麼。

他聽不下去，終於出聲：「男生喜歡男生，或是女生喜歡女生，這有什麼關係嗎？你們幹嘛管別人喜歡男生還是女生？」

紀父有些錯愕地抬頭看向他。「兒子，你這麼激動做什麼？我們又不是在說你。」

紀母也跟著附和：「是啊、是啊，我們只是有些感嘆而已。」

紀則然抿直了唇，沒再多說，轉身就上了樓。

在樓梯間，他還依稀聽見父母又繼續了剛剛的話題：「幸好我們家兒子還是喜歡女生的……」

回到房間，放下書包，準備去洗漱一番的紀則然，被突然響起的訊息提示音留住了腳步，他回身拿起放在桌上的手機，是和蔣慕楠等人的群組。

蔣慕楠：「呼叫老紀！我們下週五晚上想給你舉辦個簡單的生日會，地點在我家，我家人還有圖圖都會在，你那天可以嗎？」

紀則然差點忘了，他的生日就是在週五，但是那天……

他在螢幕上敲下幾個字：「週五我要打工，週六行嗎？」

蔣慕楠回覆得很快：「好呀，壽星最大，當然配合你！」

他回了個貼圖後，便離開了群組。

紀則然又看了下，發現已經沒有其他緊急的訊息要回覆後，正準備放下手機的同時，又傳入了一則新訊息。他看了眼傳訊息來的人，沒怎麼猶豫地直接點開了對話框，躺在上頭的

只有孤伶伶的一句話。「週五晚上六點我在噴泉廣場等你。」

紀則然斂下眼簾，手指在螢幕上游移：「好。」

03

週六下午，除了壽星紀則然還沒來到之外，其他人都已經聚集在蔣慕楠家裡了。

蔣父和蔣母再三思量後，還是決定將空間留給年輕人自個兒玩耍去了，於是轉移陣地去了沈家。

一群人在同一層空間裡各忙各的，有的在廚房裡忙碌，有的則在布置客廳，都為著給予紀則然一個完美的生日會。

「千千，ONLY打電話來說可以去拿蛋糕了。」在廚房裡幫忙薛楚亦打下手的葉思卓突然高聲喊道。

蔣慕楠從沙發上跳下來，滿意地看了眼將氣球裝飾上牆之後的效果，回道：「好咧，那我和圖圖出去一趟。」

說完，帶上手機和錢包，便匆匆拉著沈圖舟出門了。

一下午的時間很快地過去了，正當眾人都準備就緒，紀則然就按響了門鈴。卻沒想才剛進門，紀則然就被拉炮彩帶給驚了一次，眾人在下一秒便朝著他喊生日快樂，讓他由驚轉喜。

不知道是誰先開始放了音樂，整個氣氛瞬間被炒熱了起來。

晚餐時候，除了負責準備料理的薛楚亦和葉思卓之外，其他人都被驚豔了。

蔣慕楠是最先發出驚嘆聲的：「看起來也太好吃了吧！而且好香啊！」

葉思卓擺出制式化的笑容，掌心向上，五指併攏伸向一旁的薛楚亦。「各位先生女士們，讓我來隆重地為您介紹，今天掌廚的是我身邊的這位薛大廚。」

她的浮誇表演讓所有人都忍俊不禁。

笑鬧許久過後，終於來到了今晚的重頭戲——切蛋糕和吹蠟燭。

紀則然被眾人簇擁到最中心的位置，儘管身處在一片黑暗裡，仍能從面前精緻的蛋糕，上頭插著阿拉伯數字「17」的蠟燭，微弱地照見圍繞在他身邊的人們的溫暖笑容。

薛楚亦帶頭開始唱了生日快樂歌，手上也跟著打拍子。

紀則然看著眼前的這一切，幾乎能感覺到心裡那幾欲滿溢出的感動。他忽然不知道該說些什麼。

曲終，蔣慕楠笑著出聲道：「快許願呀！」

紀則然闔上眼。「第一個願望，我希望我愛的所有人都能夠平安健康；第二個願望，希望我們未來都考上好大學、找到好工作，獲得的幸福多於苦痛；第三個願望——」

希望在我走向你的時候，你也願意朝我伸出雙手。

04

「終於放假啦！」

最後一個考科結束，班上發出熱烈的歡呼聲。所有人都在討論著要去哪裡好好地玩一把，打算以最肆意的姿態迎接期待已久的假期。

葉思卓首先提問：「你們寒假有什麼計畫嗎？」

紀則然連想也沒有想就說：「我還是要打工。」

蔣慕楠思索了好一會兒，搖頭。「我還不知道。」

「老樣子，幫忙我媽吧。」薛楚亦指的是家裡開的小麵攤。

沒聊多久，四人約好了假期裡的第一次聚會後，便各自離開了。

正當薛楚亦準備走去牽自行車時，剛剛走了另一個方向離開的紀則然忽然又掉頭回來，喊住他：「楚亦。」

被點名的人回頭，看見來人，笑出一口整齊的白牙。「喲，老紀，怎麼了？」

「我有些事想和你談談。」

兩人一路沉默地沿著河堤邊走，連一向多話的薛楚亦都沒有先開口。

紀則然垂下眼瞼，斟酌了好一會兒才說道：「我……好像喜歡上一個人了。」

由於早有猜測，薛楚亦沒有多大的反應，很真誠地笑了：「恭喜啦。」

「可是我沒覺得對方喜歡我。」紀則然苦笑，眼底翻騰的是難掩的澀意。

薛楚亦空出一手勾住好友的脖頸，笑得輕鬆。「這世界上哪有那麼多剛好、公平，又合乎心意的事呢？如果所有人都能得償所願，那又該怎麼解釋這混亂的一切？」

紀則然不語，薛楚亦又接著說：「你有看過《壁花男孩》（*The Perks of Being a Wallflower*）嗎？我很喜歡這部電影裡的一句話，是這麼說的：『我們只接受自己認為配得上的愛。』（We accept the love we think we deserve.），我不清楚你們之間的情況，所以我說不上什麼具有實質性的話，但是老紀，你會幸福的，我知道總會有這麼一天。」

你會幸福的，我知道總會有這麼一天。

紀則然的聲音就這麼被這句話哽住了。

他看向那個此時就站在他面前、笑得爽朗的少年，所有想說的話只融解成短短的幾個字：「楚亦，謝謝你。」

「夠了、夠了，太煽情了啊。」薛楚亦誇張地跳開一大步，裝出一臉嫌棄的樣子。

紀則然笑了，本來猶豫很久的話在此刻終於有勇氣吐露：「沈容川……」

薛楚亦沒聽清。「什麼？」

「沈容川，我喜歡的人是沈容川。」

- - - - - - - -
· · · ·
- - - - - - - -

「歡迎光臨！」正在吧檯忙碌的紀則然，聽見門口掛的風鈴聲響起時，頭也不抬地跟著其他同事一齊喊出。

餘光瞥見一道陰影在他面前投落，紀則然揚起標準的微笑，抬頭：「您好，請問要……」話還沒說完，就看見來人的面容，笑道：「嗨，今天也是一杯熱美式嗎？不加奶也不加糖。」

「是的，謝謝。」沈容川同樣也回以他一個微笑，並直接坐在了吧檯前的高腳椅上。在等待咖啡的時候，閒來無事地環視了一圈，隨口問了句：「今天徐淨沒班嗎？」

徐淨是沈容川的高中好友，正好也在這間咖啡店打工。

「她今天和別人換班了。」紀則然正在煮咖啡，抽空回答了他。

「噢。」沈容川的手指在桌面上輕點著，然後像是漫不經心般地提及了上次紀則然的生日會。「對了，上次你生日的時候，許了什麼願望？」

紀則然將沈容川點的美式咖啡放在他面前，不明所以地反問：「那天你不是也在嗎？」

「我說的是第三個願望。」

第三個願望？紀則然頓住，故作若無其事地調侃他。「第三個願望不能說啊。怎麼，想幫我實現願望嗎？」

沈容川若有所思地盯著他。「嗯……如果我能？」

聞言，紀則然笑了，斂下眼簾，卻沒有再說話。

05

正在上課的時候，紀則然突然感覺到抽屜傳來了震動，

他用餘光環繞了四周，趁著在臺上講課的老師沒有注意這裡之時，他悄然將手伸進抽屜裡，點開螢幕，是徐淨傳來的訊息：「你準備好要給沈容川的生日禮物了嗎？」

紀則然回覆：「準備好了。」確認傳送出去後，他才重新將手機放回抽屜。

下週二就是沈容川的生日了，這消息還是之前徐淨透露給他的。

應該說，他幾乎是透過徐淨在認識沈容川。

身為沈容川多年好友的徐淨，她知道他的一些個人資訊、知道他平常喜歡什麼樣的飲食、知道他平時的愛好和興趣、知道他有哪些不為人知的小習慣和毛病、知道他平時的穿搭風格……

總之徐淨知道那些紀則然不知道的，關於沈容川的事情。

而這讓他感到無比挫敗。

他必須承認，最初在他連沈容川的名字都不知道的時候，接近徐淨就是他唯一且最穩定和最便捷的一種，接近沈容川的方式。

總是和徐淨走在一起，沈容川就極有可能會連帶地一起注意到他，不是嗎？

一來一往之間，就連徐淨都忍不住開玩笑地問他，是不是喜歡她。

　　他當時是怎麼回答的？他也跟著開玩笑地說，是啊。

　　倒是徐淨看出了他的言不由衷，一個意料之內的答案幾乎呼之欲出。

　　「你喜歡的是沈容川，對吧。」徐淨篤定地說。

　　紀則然張了張口，卻說不出話來，他不明白連自己都花上好一段時間才搞清楚的事情，為什麼徐淨卻能夠那麼輕易地就將他看穿。

　　看著他的反應，徐淨噗哧一聲笑了。「行吧，這我要是還猜不出來，那我真的要懷疑我的眼睛是不是只是拿來裝飾用的了。」

　　紀則然難以啟齒。「妳會不會覺得很……」

　　徐淨不以為意。「很什麼？在愛面前，無關種族、性別或是其他，所有人都是平等的。」

　　徐淨拉著紀則然坐下。「不瞞你說，我曾經和沈容川在一起過。」

　　紀則然沉默。

　　徐淨好笑地看著他，解釋道：「這就是為什麼我會知道他那麼多事情的原因，不過我們不到半年就分手了。」

「為什麼分手？」

「也沒什麼原因，當初是我和他告白的，他答應了，所以就在一起了，但後來分手也是我提的。在一起久了，感覺都是我單方面付出，相處又像普通朋友，我不知道該怎麼形容，就是沒有那點……化學反應？」徐淨無奈地笑，又吐槽說：「他私底下其實挺悶的，一點都沒有你表面上看起來的那麼好相處。」

紀則然笑了。「這倒是真的看不出來。」

「不過，如果你真的很喜歡他，那你千萬、千萬不要放棄。」

徐淨的話引來紀則然不解的目光，她接著道：「雖然他這個人很悶，不過我知道，如果他也喜歡你的話，他肯定會讓你成為這個世界上最幸福的人。」

06

紀則然在離開咖啡店後，不自覺地走到了噴泉廣場。

他找到記憶中的那張長椅坐下，從口袋裡掏出手機，手指不停地在和沈容川的對話框附近游移。

他抬頭，看著四周的人來人往，有成群結隊的學生黨，有牽手嘻笑打鬧的情侶，也有像他一樣獨身一人的。

他想起今年生日時，也和沈容川來過這裡——和往常不同，他的十七歲生日，是和喜歡的人過的，哪怕他喜歡的人可能什麼都不知道，他也感到無比滿足。

他點開和沈容川的對話框，正準備輸入字串時，他絕對不會認錯的那道聲音忽然在他耳邊響起，不遠不近。

廣場上各種聲音都有，因此他並不在意，以為只是錯覺，卻沒想到那道熟悉的聲音又喊了一次他的名字，紀則然這才順著聲音回頭，總算是看見了來人。

「嗨，你怎麼一個人在這裡？」沈容川首先打了招呼，他身後還跟著了幾個朋友，從來的方向就知道是剛從餐館裡出來的。

沈容川的朋友們和紀則然簡單地微笑點個頭算是打了招呼，看見兩人在說話，都自覺地站遠了一些距離，留給兩人足夠的說話空間。

紀則然笑答：「剛好下班，就過來這裡走走。」

「那你吃飽飯了嗎？」沈容川走近，在他的身邊坐下。

紀則然搖頭。「等等要回家吃。」

沈容川點頭，沒有多說什麼。

躊躇了一會兒，紀則然看向身旁人。「那個……你下週二有空嗎？」

沈容川沒怎麼思考，便給予對方肯定的回覆：「我有空。」

似乎是沒想到對方如此乾脆，紀則然愣了一秒才回過神來，笑了。「那一樣晚上六點在這裡碰面？」

「好。」沈容川也跟著笑了。他站起身，比了比站在不遠處的好友們。「他們還在等我，我先走了，我們到時再聯絡。」

紀則然看著他走遠，直到他們一群人的身影消失在轉角，才起身離開。

而另一邊，沈容川的一個朋友又繼續了剛剛的話題，朝著沈容川問道：「所以你下週二到底有沒有空啊？我們要不給你慶祝一下生日？」

聞言，沈容川直接拒絕了：「不用了，沒空。」

「哎，你剛剛本來不是還說再看看的嗎？」

晚上六點十五分，噴泉廣場。

紀則然匆匆跑到沈容川面前，順了順氣，才歉意地開口道：「抱歉來晚了，路上有點堵。」

沈容川從長椅上站起，明明不在意卻故作不悅。「你讓壽星等你，這合理嗎？」

紀則然頓時感到窘迫，不知道該說些什麼。「我……」

沈容川看見他的反應就忍不住笑了出來。「我逗你的呢，走吧，吃飯去。」

兩人來到了預訂好的餐廳，隨著服務員的帶領坐到位置上，沈容川拿起桌上的菜單翻了翻，頭也不抬地說：「隨便點啊，我請客。」

「不是說好我請嗎？」紀則然挑了挑眉。「讓壽星請客，這合理嗎？」

「還學我說話了呢。」沈容川忍俊不禁。「當然合理了，反正今天壽星最大，壽星高興請客。」

紀則然無奈笑。「可以，壽星高興就好。」

飯後，兩人去噴泉廣場周邊的店家逛了一圈後，走到了

附近的公園。

　　兩人有一搭沒一搭地聊著天，突然沈容川話鋒一轉，開玩笑地問道：「對了，我生日都快過完了，我的禮物呢？」

　　紀則然一本正經地睜眼說瞎話：「剛剛那頓飯就是我給你準備的生日禮物，可惜你堅持請客，所以沒有了。」

　　沈容川噎了噎，所以他這是自作孽不可活嗎？他要賴。「那你要補給我。」

　　紀則然攤了攤手，表示自己什麼都沒有。

　　沈容川卻是朝他笑著張開雙手。「那就，抱一個？」

　　聞言，紀則然的腦子裡瞬間一片空白，他頓時做不出任何該有的反應。

　　腳步踟躕，他知道自己只需要再向前一步——

　　面前之人背後的光景都模糊成一團朦朧，多年以後，紀則然可能已經記不清此刻的場景，卻依舊會記得，眼前人笑得溫潤，眼裡映出城市的細碎燈火。

　　後來他想，這天像極了場美夢。像他的生日願望正在實現。

那些時光
替我們記得的事

　　隨著年紀漸長，對時間的流逝變得更為敏感。

　　近幾年開始，喜歡回去聽過往經典的歌曲，然後再一次次感嘆，原來這些歌曲已經是好多好多年前發行的了，可依然擁有那份難以言喻的感動。

　　然後突然想著，原來都這麼多年過去了啊，那我們有沒有走在自己理想的道路上呢？我們是不是都被這無常的世界磨去了部分稜角。

　　甚至無法確定，是時間在裁剪我們，還是我們在編織時間。

　　對於時間的刻度竟然已經無法輕易下定義──以秒、以時、以日、以月、以季、以年，究竟要以什麼樣的眼光來看待，會感覺比較幸福呢？

　　就好比回頭看，才發現原來距離第一本書面世，已經過

去將近六年了啊。六年是一個什麼樣的概念？應該是多大的跨度？我不敢細想。

原來已經走了這麼久啊。

以「作家」這個身分遇見了好多溫柔良善的人們，對那些因為喜愛我的文字而無條件支持自己的可愛的人們無比感激。

這本書的意義之於我來說著實非凡，承載了我最初也最純粹的渴念——寫的是半明半昧的青春，寫的是無法追溯的年少歲月。

正是從這個作品開始，於是有了後來的一切延續。

真的很高興能夠在絕版之後，又有了讓它以不同面貌和大家見面的機會。

新的版本裡，加上了曾經分享在 Instagram 上的一篇短篇小說，只不過這次以角色拆成了四個部分，試圖在不更動太多筆觸與內容的基調上，補全更多的細節。

這篇小說當時沒有被收錄在第二本書《願你在深淵盛放》裡，其實仍然有點遺憾，畢竟現在的我清楚知道，或許我再也寫不出那種風格的文章和故事了，而我仍然想要把過去那一部分的自己留在合適的地方。

時間如海如沙也如煙。

曾經的我對於自己寫下的文字總感到有些難為情、彆扭，但或許再過一個六年，我可以坦然地向自己告解——是啊，是這樣走過來的。

磕磕絆絆，但未曾停住步伐。

溫如生
23.06

S.H.E
〈你曾是少年〉

國家圖書館出版品預行編目資料

聽說時光記得你 / 溫如生 著. -- 初版. -- 臺北市：皇冠，
2023. 8
面；公分. -- (皇冠叢書；第5109種)(溫如生作品集；
04)
ISBN 978-957-33-4044-7 (平裝)

863.55   112010719

皇冠叢書第5109種
溫如生作品集 04

聽說時光記得你

作　　者—溫如生
發 行 人—平　雲
出版發行—皇冠文化出版有限公司
　　　　　臺北市敦化北路120巷50號
　　　　　電話◎02-27168888
　　　　　郵撥帳號◎15261516號
　　　　　皇冠出版社(香港)有限公司
　　　　　香港銅鑼灣道180號百樂商業中心
　　　　　19字樓1903室
　　　　　電話◎2529-1778　傳真◎2527-0904
總 編 輯—許婷婷
責任編輯—蔡承歡
美術設計—張　巖
行銷企劃—蕭采芹
封 面 圖—shutterstock
著作完成日期—2023年6月
初版一刷日期—2023年8月

法律顧問—王惠光律師
有著作權・翻印必究
如有破損或裝訂錯誤，請寄回本社更換
讀者服務傳真專線◎02-27150507
電腦編號◎589004
ISBN◎978-957-33-4044-7
Printed in Taiwan
本書定價◎新臺幣360元/港幣120元

●皇冠讀樂網：www.crown.com.tw
●皇冠 Facebook：www.facebook.com/crownbook
●皇冠 Instagram：www.instagram.com/crownbook1954
●皇冠蝦皮商城：shopee.tw/crown_tw